Melody Carlson

Lauras Weihnachtsengel

Über die Autorin

Melody Carlson hat bereits mehr als 200 Bücher für Kinder und Erwachsene geschrieben. Davon konnte sie sieben Millionen Exemplare verkaufen. Außerdem ist sie für ihre Arbeit mit mehreren Preisen ausgezeichnet worden, unter anderem mit dem *Rita Award* und dem *ECPA Gold Medallion*. Sie hat zwei erwachsene Söhne und lebt mit ihrem Mann Chris in Sisters, Oregon.

Die amerikanische Originalausgabe erschien im Verlag Revell unter dem Titel „The Christmas Angel Project". Published by arrangement with Revell, a division of Baker Publishing Group, Grand Rapids, Michigan, 49516, U. S. A.

MIX
Papier aus verantwortungsvollen Quellen
FSC® C014496

Die Bibelzitate wurden, wenn nicht anders vermerkt,
der folgenden Bibelübersetzung entnommen: Hoffnung für alle®,
Copyright © 1983, 1996, 2002, 2015 by Biblica Inc.®.
Verwendet mit freundlicher Genehmigung des Herausgebers Fontis, Basel.
Weiterhin wurde folgende Übersetzung verwendet:
Neues Leben. Die Bibel, © 2002 und 2006 SCM R. Brockhaus im SCM-Verlag,
Witten. (NLB)

1. Auflage 2019
BestellNr. 817581
ISBN 978-3-95734-581-3
Umschlaggestaltung: Hanni Plato
Umschlagfoto: Getty Images, Alena Kravchenko
Lektorat: Carolin Kilian
Satz: Vornehm Mediengestaltung, München
Druck und Verarbeitung: GGP Media GmbH, Pößneck
Printed in Germany

www.gerth.de

Melody Carlson

Lauras WEIHNACHTS-ENGEL

Erzählung

Aus dem Amerikanischen von Eva Weyandt

GerthMedien

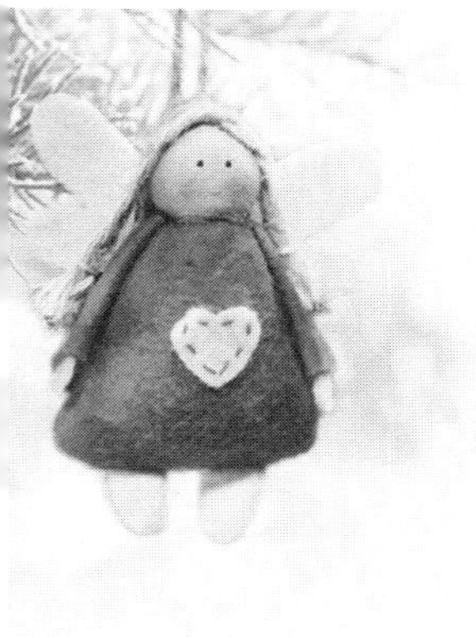

Prolog

Zufrieden seufzend lehnte sich Laura Wentworth auf dem weichen Sofa zurück. „Ich finde, das war das schönste Thanksgiving, das wir je erlebt haben.“ Sie lächelte glücklich, während ihr Mann ein weiteres Holzscheit ins knisternde Feuer legte. „Auch wenn in diesem Jahr niemand von deiner Familie zu Besuch gekommen ist, lief es doch richtig gut. Meinst du nicht?“

„Ja, das finde ich auch.“ Leise lachend schloss Clayton die Kamintür. „Vielleicht war es ja gerade deshalb so schön – keine Familienstreitigkeiten und keine emotionalen Feuersbrünste, die gelöscht werden mussten.“ Er klopfte seine Hände ab und setzte sich neben sie. „Mir ist durchaus bewusst, wie schwierig meine Geschwister manchmal sind, besonders während der Feiertage. Weißt du noch, wie sich Edith und Dorrie im letzten Jahr wegen der Cranberrysoße gestritten haben?“

„Ja, stimmt! Selbst gemachte gegenüber gekaufter – ich habe vorsichtshalber das Tranchiermesser versteckt.“ Sie lachte.

„Aber heute gab es kein solches Drama."

„Allerdings finde ich, dass Grace und Joel ein wenig angespannt wirkten, obwohl sie sich Mühe gegeben haben, sich nichts anmerken zu lassen. Ist dir das auch aufgefallen?"

„Ja, aber ich habe es auf ihre familiäre Situation geschoben. Das Zusammenleben mit Kindern, die gerade dabei sind, erwachsen zu werden, ist nun mal alles andere als leicht." Clayton legte den Arm um ihre Schulter und zog sie näher zu sich. „Die Zwillinge wirkten irgendwie nicht besonders fröhlich. Ich hatte den Eindruck, sie wollten so schnell wie möglich von ihren Eltern weg."

„Ich wette, deshalb hat mich Grace am Samstag zum Kaffee eingeladen."

„Mein kleiner Laura-Engel – immer die Seelsorgerin in der Runde." Clayton drückte sie an sich. „Was würden deine Freundinnen aus dem Buchclub nur ohne dich machen?"

„Du weißt, dass sie für mich mehr sind als nur Freundinnen aus dem Buchclub", erinnerte sie ihn. „Und außerdem: Was würde *ich* ohne sie tun? Diese Frauen haben mir durch vieles hindurchgeholfen, Clayton."

„Das weiß ich doch." Er beugte sich zu ihr hinüber und drückte ihr einen Kuss auf die Wange. „Und ich bin sehr dankbar, dass du sie hast, Laura. Das kannst du mir glauben."

Sie nahm ihren Nähkorb vom Couchtisch, stellte ihn auf ihren Schoß und klappte ihn auf. „Das geht mir auch so. Ich bin sehr dankbar für jede Einzelne von ihnen." Sie holte

einen der vier Weihnachtsengel heraus, an denen sie in der vergangenen Woche gearbeitet hatte. „Darum habe ich auch die hier für sie gebastelt."

Eingehend musterte Clayton den kleinen Engel, der von ihrem Finger herabhing. „Ich habe wirklich eine tolle Frau geheiratet." Er stupste den Engel an. „Sie werden begeistert sein, Schatz."

„Das ist der letzte. Für Louisa." Sie nahm eine Nadel und weißes Nähgarn aus dem Nähkorb. „Er ist schon so gut wie fertig."

„Nur dass du es weißt: Heute Abend habe ich Küchendienst. Wenn ich sehe, dass du auch nur einen Fuß in die Küche setzt, dann gibt es Ärger. Verstanden?"

„Danke, Schatz." Grinsend griff sie nach ihrer Lesebrille. „Ärger möchte ich auf jeden Fall vermeiden … Allerdings hätte ich Lust auf eine Tasse Kaffee. Den kann ich mir natürlich nicht kochen, wenn ich nicht in meine Küche darf."

„Eine Tasse Kaffee. Kommt sofort." Er salutierte gespielt. „Wie wäre es mit einem kleinen Stück Kürbiskuchen dazu?"

Sie lachte. „Und eben dachte ich noch, ich könnte nie wieder etwas essen, so satt war ich. Aber, ja, bitte! Bring mir ruhig ein Stück Kuchen mit."

Als Clayton sich in die Küche verzog, begann Laura leise zu summen. Eines ihrer liebsten Weihnachtslieder – und genau die richtige Begleitung für ihre Näharbeit. Es dauerte nicht lange, bis sie das Lied laut vor sich hin sang:

In das Warten dieser Welt fällt ein strahlend helles Licht.
Weit entfernt von dem Gedränge klingt die Stimme, die da spricht:
Sehet auf, der Retter kommt.
Wachet auf und seid bereit, denn der Herr erlöst sein Volk wunderbar zu seiner Zeit.

In die Trauer greift Gott ein, er ist nahe dem, der weint.
Dass auch in der tiefsten Not uns das Licht der Hoffnung scheint.
Sehet auf, der Retter kommt.
Wachet auf und seid bereit, denn der Herr erlöst sein Volk wunderbar zu seiner Zeit.

Kapitel 1

Belinda Michaels war zutiefst erschüttert, als sie die Nachricht bekam: Ihre beste Freundin Laura Wentworth war im Schlaf gestorben. Lauras Mann, der Belinda um kurz nach sechs Uhr morgens anrief, schilderte weiter, Laura habe am gestrigen Abend, dem Tag nach Thanksgiving, heftige Kopfschmerzen gehabt.

„Es ist noch zu früh, um etwas zu sagen, aber der Gerichtsmediziner vermutet ein Aneurysma." Clayton sprach mit erstickter Stimme und war kaum zu verstehen. „Ich habe bereits ihren Vater angerufen … und den Direktor ihrer Schule … und jetzt dich."

Belinda war so fassungslos, dass ihr die Worte fehlten, aber irgendwie gelang es ihr, Clayton ihr tiefes Mitgefühl auszusprechen.

„Wenn ich irgendetwas tun kann –", ihre Stimme versagte. „Bitte … sag Bescheid."

„Es wäre schön, wenn du die anderen aus dem Buchclub informieren könntest", bat er traurig. „Ihr habt Laura sehr

viel bedeutet." Belinda versprach es ihm. Und sie würde auch für ihn beten.

Doch kaum hatte sie das Telefon aus der Hand gelegt, war es um ihre Fassung geschehen. Zuerst ließ sie nur ihren Tränen freien Lauf, doch dann verwandelte sich ihre Traurigkeit in Zorn, und sie rannte hektisch durch ihr Haus. Schimpfend und wutentbrannt reckte sie ihre Faust zum Himmel. Warum hatte Gott Laura von ihnen genommen, die gerade mal Mitte vierzig gewesen war? Die Welt brauchte sie doch noch! Laura besaß einen Optimismus, der sich nicht so leicht erschüttern ließ. Sie war eine treue Freundin und ein wundervoller Mensch. In der Grundschule, in der sie arbeitete, war sie sehr beliebt. Warum nahm Gott sie so plötzlich zu sich? Zumal Laura ihre Eierstockkrebserkrankung überwunden hatte. Erst vor zwei Tagen, bei ihrem Treffen an Thanksgiving, hatten sie gemeinsam darauf angestoßen, dass sie sechs Jahre krebsfrei war. Und jetzt hatte ein Aneurysma im Gehirn sie dahingerafft? Wie konnte das sein? War das etwa fair? Wie sollte Belinda jetzt ohne sie klarkommen?

Irgendwann stand Belinda schließlich vor dem Kamin und schüttelte nur noch den Kopf. Auf dem Kaminsims aus Eichenholz standen mehrere gerahmte Fotos. Die meisten von ihnen zeigten ihre Tochter Emma in den verschiedenen Entwicklungsphasen – von der Geburt bis zu ihrem zwanzigsten Geburtstag im vergangenen Frühjahr. Doch jetzt blieb ihr Blick an dem alten Schwarz-Weiß-Foto hängen, das in den

1930er-Jahren aufgenommen worden war, als Belindas Mutter noch ein Kleinkind gewesen war. Ihre Mutter saß auf dem Schoß ihrer Urgroßmutter. Belinda kannte die Geschichte von klein auf. Die alte Frau, die von allen nur Granny genannt wurde, war noch in der Sklaverei geboren worden. „Sie ist ein Vorbild für uns, stark zu sein und nicht aufzugeben“, hatte Belindas Mutter gesagt. „Granny soll stolz auf uns sein.“

Belinda atmete tief durch, um ihre Fassung wiederzugewinnen und Stärke zu zeigen. Ihr Blick wanderte zur Uhr neben dem alten Foto. Kaum zu glauben, dass es schon fast sieben Uhr war. Sie musste jetzt unbedingt ihre Freundinnen aus dem Buchclub anrufen. Louisa, Grace und Cassidy mussten von Lauras Tod erfahren. Aber wie übermittelte man eine solche Nachricht? Eine ganz böse Überraschung am frühen Morgen …

Louisa Van Horn war Lauras älteste Freundin und Mentorin und außerdem eine Frühaufsteherin. Belinda beschloss, zuerst mit ihr zu telefonieren. Als Louisa sich meldete, konnte Belinda nicht an sich halten und platzte sofort mit der Nachricht heraus. Wie zu erwarten begann die ältere Frau leise zu schluchzen, was Belindas Schmerz noch größer machte. Louisa hatte erst im vergangenen Winter ihren Mann verloren und seinen Tod noch lange nicht verarbeitet – und jetzt das.

„Das ist unfassbar!“, sagte Louisa mit belegter Stimme. „Unsere liebe Laura soll tot sein? Wie ist das möglich?“

Belinda gab die Informationen weiter, die sie von Clayton bekommen hatte. Um das Gespräch möglichst schnell zu beenden, erklärte sie, sie müsse noch Grace und Cassidy Bescheid geben.

„Ich finde, wir sollten uns treffen", schlug Louisa ganz unvermittelt vor. „Laura würde wollen, dass wir jetzt alle zusammen sind." Sie vereinbarten, sich später am Tag im *Coffee Cup* zu treffen. Belinda verabschiedete sich von Louisa und bereitete sich auf das Telefongespräch mit Grace vor.

Während sie darauf wartete, dass Grace sich meldete, wünschte Belinda, sie könnte sich dieser Frau näher fühlen. Manchmal war sie regelrecht eifersüchtig auf Grace gewesen und hatte die Befürchtung gehegt, Grace könnte versuchen, sich zwischen Laura und sie zu drängen. Das machte ihr zu schaffen. Aber ihre Sorge war unbegründet gewesen. Und jetzt hatte sie Gewissensbisse wegen dieser kindischen Gefühle.

Nach einer Weile meldete sich Grace noch ganz verschlafen, und Belinda erzählte ihr, was geschehen war und von Louisas Vorschlag, sich später am Tag zu treffen. Auch dieses Gespräch wollte sie nicht länger als nötig ausdehnen, weshalb sie eilig hinzufügte, sie müsse noch Cassidy anrufen.

„Arme Cass", sagte Grace. „Laura war wie eine Mutter für sie."

„Ich weiß." Bei der Vorstellung, wie Cassidy die Nachricht aufnehmen würde, zuckte Belinda zusammen. Dies würde das schwierigste Gespräch werden.

„Ich fühle mich so verloren.“ Grace schniefte laut. „Ich kann einfach nicht glauben, dass ich Laura nicht mehr einfach eine SMS schicken kann … dass sie wirklich tot ist!

Belinda wollte sie trösten, brachte es aber nicht über sich. Alles, was sie sagen würde, würde gestelzt klingen wie eine schlecht formulierte Beileidskarte. „Ich muss jetzt wirklich mit Cass sprechen“, sagte sie schließlich. „Ich habe Clayton versprochen, allen Bescheid zu geben.“

„Okay, dann bis heute Nachmittag“, erwiderte Grace.

Belinda verabschiedete sich und unterbrach die Verbindung, bevor sie Cassidys Nummer wählte. Während sie darauf wartete, dass die junge Frau sich meldete, atmete sie tief durch. Es war Samstag. Vielleicht war Cassidy bereits in der Tierklinik. Ihre SMS würde sie zwar bestimmt lesen, aber Belinda wollte ihr eine solche Nachricht lieber persönlich übermitteln.

„Hallo, Belinda“, meldete sich Cassidy fröhlich. „Was gibt's?“

Ohne große Vorrede platzte Belinda mit der Nachricht von Lauras Tod heraus, und als Cassidy nicht reagierte, glaubte Belinda schon, die Verbindung wäre unterbrochen worden. „Cassidy?“, fragte sie schließlich. „Bist du noch dran?“

„Ja – ich bin noch dran – ich –“ Cassidys Stimme brach. „Ich weiß nicht, was ich sagen soll. Ich kann es nicht glauben. Wie kann sie tot sein? Wir haben sie doch noch zu Thanksgiving gesehen. Da ging es ihr doch prima.“

„Ich weiß, Liebes.“

„Ich habe das Gefühl, keine Luft zu bekommen.“

„Setz dich hin und atme tief durch“, sagte Belinda langsam.

„Laura war – sie war wie eine Mutter für mich. Ich meine, sie war natürlich noch nicht so alt, aber du weißt schon, was ich meine.“

„Ich weiß, Cass. Sie hat dich sehr geliebt. Sie war so stolz auf dich und auf das, was du aus deinem Leben gemacht hast.“

„Was soll ich nur ohne sie tun?“

„Du hast ja noch mich“, wandte Belinda zögernd ein, obwohl sie wusste, dass sie Laura niemals ersetzen konnte. Niemand konnte das. „Und du hast Louisa und Grace“, fügte sie hinzu und erzählte Cassidy von Louisas Vorschlag. „Um drei Uhr im *Coffee Cup* – schaffst du das?“

„Ja. Ich arbeite bis zwei Uhr.“

„Vielleicht kannst du dir ja freinehmen. Ich meine, angesichts –“

„Nein, ich bin heute die einzige Tierärztin in der Praxis, bis Dr. Auberon mich um zwei Uhr ablöst.“

„Okay. Aber pass auf dich auf, Liebes. Atme immer tief durch. Und vergiss nicht, wie gern Laura dich gehabt hat.“

„Ja – das ist es ja gerade. Sie wird mir so fehlen … Ich weiß gar nicht, was ich ohne sie tun soll.“

„Wir werden einen Weg finden“, versicherte Belinda ihrer Freundin.

Als Belinda den Hörer auflegte, war sie zutiefst erschöpft. Sie fühlte sich wie ein ausgewrungener Spüllappen. Und auch ihr Zorn auf Gott war noch nicht verraucht. Wusste er denn nicht, wie viele Menschen Laura Wentworths Tod zutiefst erschüttern würde? Nicht nur ihre Familie und ihre Freundinnen. Auch die Lincoln-Schule würde den Verlust spüren.

Und viele Bewohner von Pine Grove in Minnesota. Und das so kurz vor Weihnachten. Wie konnte auch nur einer von ihnen jetzt noch ein schönes Weihnachtsfest haben?

Kapitel 2

Louisa war zwar das älteste Mitglied des Buchclubs, doch Laura war immer die Leiterin gewesen – der Kleber, der sie zusammenhielt. Sie hatte den Buchclub damals ins Leben gerufen, der nun schon seit mehr als fünfzehn Jahren bestand. Anfangs hatten acht Mitglieder dazugehört, doch schon bald war er auf fünf Mitglieder zusammengeschmolzen. Und so sollte es auch bleiben. Das hatten sie gemeinsam beschlossen. Doch jetzt waren sie nur noch zu viert.

Auf dem Weg zum *Coffee Cup* warf Louisa einen Blick auf ihre Uhr. Sie war früh dran, aber das war nicht schlimm. Sie würde sich einen Milchkaffee bestellen und einen Platz für sie sichern. Zum Glück war der große Tisch in der Ecke frei. Während sie ihn mit ihrem Kaffeebecher in der Hand ansteuerte, überfiel sie die Erinnerung an das erste Treffen ihres Buchclubs – an genau diesem Tisch. Sie erinnerte sich auch an den Tag vor etwa neun Jahren, als Laura ihnen mitgeteilt hatte, dass sie an Eierstockkrebs erkrankt war. Seufzend ließ Louisa sich auf einen Stuhl sinken. Und jetzt war Laura tot.

Louisa griff nach ihrem Kaffee. Ihr Blick streifte ihre Hand. Wie alt und faltig sie aussah. Blaue Venen schimmerten durch die blasse Haut. Im April, kurz nach Adams Tod, war sie dreiundsechzig geworden. Wenn schon eine der Frauen aus dem Buchclub sterben musste, dann hätte sie diejenige sein sollen. Seit dem Tod ihres Mannes im vergangenen Herbst kämpfte Louisa mit Depressionen. Erst vor wenigen Tagen hatte sie Laura gestanden, wie sehr sie sich in diesem Jahr vor dem Weihnachtsfest fürchte. „Matthew, Leah und die Kinder sind in Dubai und können nicht kommen. Natürlich habe ich sie beruhigt und gesagt, sie brauchen sich keine Sorgen zu machen", hatte sie ihr anvertraut. „Dubai ist so weit weg, und mal ehrlich, diesen einen Tag werde ich schon irgendwie überstehen. Vielleicht lasse ich Weihnachten auch einfach ausfallen."

„Du wirst Weihnachten bei Clayton und mir sein", hatte Laura sie beruhigt. „Wir laden noch ein paar andere Leute ein. Vielleicht die Mädels aus dem Buchclub – wie im letzten Jahr. Das war doch so schön."

Traurig seufzend trank Louisa einen Schluck von ihrem Milchkaffee. Und jetzt war Laura tot. Dieses Jahr würde Weihnachten ein Albtraum werden. Als sie ihren Becher abstellte, entdeckte sie Grace, die durch die Tür hereinkam. Mit ihren schulterlangen kastanienbraunen Haaren, ihrer cremeweißen Haut und den funkelnden türkisfarbenen Augen war die erfolgreiche Innenarchitektin kaum zu über-

sehen – und wie immer war sie ausgesprochen geschmackvoll gekleidet. Heute trug Grace eine rostbraune Wildlederjacke, eine dunkle Hose und einen bunten Schal – wie üblich farblich perfekt aufeinander abgestimmt. Doch aus verständlichen Gründen fehlte ihr an diesem Tag die sonst so sprudelnde Lebensfreude.

Louisa winkte ihr zu, als Grace an die Theke trat, um ihren Kaffee zu bestellen. Grace winkte zurück, aber ihr Lächeln wirkte gezwungen. Ein Schaudern durchfuhr Louisa, und obwohl es nicht kalt war, zog sie ihren Schal fester um die Schultern. Vielleicht war es doch keine so gute Idee gewesen, sich mit den anderen aus dem Buchclub zu treffen. Sie alle waren zutiefst erschüttert. Was sollte das bringen?

Jetzt kam Belinda herein. Auch sie hatte sich wie üblich schick gemacht. Selbst wenn sie sich nicht besonders um ihr Äußeres kümmerte, wie es heute vermutlich der Fall gewesen war, wirkte sie, in ihrer verwaschenen Jeans und der schwarzen Lederjacke, wie ein Model aus einer Modezeitschrift. Dass sie groß und schlank war, war sicherlich von Vorteil, aber Belinda war nun mal einfach eine Schönheit. Sie selbst sah sich natürlich nicht so, aber genau das machte ihren Charme aus. Trotz der Sonnenbrille, die sie aufbehielt, und obwohl sie ihre dunklen Haare unter einen Filzhut gestopft hatte, sah sie einfach nur atemberaubend aus.

Louisa senkte den Blick auf ihren Becher, und zum ersten Mal fiel ihr auf, dass ihr Milchkaffee beinahe die glei-

che Farbe hatte wie Belindas Haut. Louisa hatte sie mehrmals gefragt, ob sie irgendwann einmal ein Porträt von ihr anfertigen dürfe, aber Belinda hatte nur darüber gelacht. Seit Adams Tod nahm Louisa sowieso kaum noch einen Pinsel zur Hand. Und im Augenblick konnte sie sich nicht vorstellen, jemals wieder vor einer weißen Leinwand zu stehen. Lieber würde sie sich einer Wurzelbehandlung unterziehen.

Belinda und Grace unterhielten sich an der Theke, und verblüfft beobachtete Louisa, dass sie sich tatsächlich umarmten. Das war noch nie vorgekommen. Laura hätte sich bestimmt darüber gefreut. Louisa hatte sich manchmal gefragt, ob diese beiden Frauen nicht sogar Konkurrentinnen waren, was Lauras Freundschaft anging. Belinda und Laura waren zwar schon seit Jahren gut befreundet gewesen, als Grace zu ihrem Buchclub dazugestoßen war. Aber Louisa wusste, dass Belinda manchmal sehr unsicher war.

Cassidy kam als Letzte. Sie trug noch ihre Arbeitskleidung und wirkte angespannt und erschöpft. Die honigblonden Haare waren zu einem Pferdeschwanz zusammengebunden, und selbst aus der Entfernung bemerkte Louisa ihre verweinten Augen. Louisas Herz flog dem armen Mädchen entgegen. Sicher, Cass war eigentlich kein Mädchen mehr. Obwohl sie problemlos für Anfang zwanzig durchgehen konnte, würde Cassidy im Januar ihren fünfunddreißigsten Geburtstag feiern. Und wenn man hörte, wie Cass über ihre „Ehelosigkeit“ redete, konnte man glauben, sie wäre in Louisas Alter.

Louisa erhob sich, als Grace und Belinda näher kamen. Nachdem sie ihre Kaffeebecher abgestellt hatten, umarmte sie beide. Kurz darauf kam auch Cassidy an ihren Tisch. Sie umarmten sich alle und ließen ihren Tränen freien Lauf.

„Ich fühle mich wie betäubt", sagte Belinda und setzte sich. „Ich kann es immer noch nicht glauben."

„Mir geht es genauso. Laura war so voller Leben", fügte Grace hinzu. „Wenn sie einen Raum betrat, wurde er gleich viel heller."

„Selbst während ihrer Chemotherapie", bemerkte Cassidy traurig. „Könnt ihr euch noch daran erinnern, wie sehr sich die Schwestern immer gefreut haben, sie zu sehen? Innerhalb kürzester Zeit brachte sie alle im Raum zum Lachen."

„Und was ist mit ihren Schülern?" Grimmig schüttelte Belinda den Kopf. „Sie werden zutiefst erschüttert sein, wenn sie von ihrem Tod erfahren."

„Daran habe ich überhaupt noch nicht gedacht." In Cassidys Augen schimmerten erneut Tränen. „Das ist einfach nicht richtig."

„Ich kann immer noch nicht glauben, dass sie tot sein soll." Grace seufzte.

„Ich bin so durcheinander." Mit einer Serviette tupfte sich Cassidy die Tränen aus den Augen. „Wie gut, dass in der Tierklinik heute nicht viel los war. Ich weiß nicht, was ich getan hätte, wenn es einen Notfall gegeben oder eine schwierige OP angestanden hätte."

Louisa tätschelte Cassidys Schulter. Seit sie spontan dieses Treffen vorgeschlagen hatte, fühlte sie sich auf einmal für die anderen verantwortlich. „Es ist doch klar, dass wir alle sehr traurig sind“, begann sie langsam. „Ich hatte gehofft, wir könnten uns heute gegenseitig trösten.“ Sie runzelte die Stirn. „Nur leider bin ich dazu im Augenblick gar nicht in der Lage.“

„Wie es Clayton wohl geht?“ Grace schaute Belinda an. „Welchen Eindruck hattest du?“

„Er stand irgendwie neben sich.“

„Ich habe eben mit ihm telefoniert“, erzählte Louisa, „und ihn gefragt, ob wir ihm etwas zu essen bringen sollen oder ihm sonst irgendwie helfen können. Aber er sagte, er sei ja allein zu Hause und habe keinen Appetit. Und außerdem habe schon jemand aus seiner Gemeinde einen Auflauf vorbeigebracht.“ Sie schüttelte den Kopf. „Bestimmt wird er bald unter Essensbergen begraben werden. So war das nach Adams Tod jedenfalls bei mir.“

„Vermutlich spricht man deshalb von ‚Trostessen‘“, bemerkte Belinda trocken.

„Clayton bat mich, euch mitzuteilen, dass der Trauergottesdienst am Dienstag um halb elf stattfinden wird“, berichtete Louisa. „Er sagte, Pastor Gregg habe vor, die Trauergemeinde zu bitten, von ihren Erinnerungen an Laura zu erzählen, und er würde sich freuen, wenn wir auch etwas sagen.“

Eine Zeit lang überlegten sie gemeinsam, was sie während des Trauergottesdienstes sagen sollten und wie sie Clayton durch diese schwierige Zeit helfen konnten. Das lenkte sie ein wenig von ihrer eigenen Traurigkeit ab, aber Louisa merkte, dass sie alle nach wie vor zutiefst erschüttert waren. Irgendwann wurde ihr das alles zu viel. Eine innere Unruhe ergriff sie. Sie spürte, dass sie mit ihrer Kraft am Ende war.

„Vielleicht sollte ich jetzt lieber gehen", sagte sie ganz unvermittelt, während sie noch nach einem glaubwürdigen Vorwand für ihren frühzeitigen Aufbruch suchte. In Wahrheit konnte sie ihre Tränen kaum noch zurückhalten, und sie wollte einfach nicht Gefahr laufen, vor den Freundinnen die Fassung zu verlieren. Das wäre wirklich nicht gut.

„Ich auch." Cassidy erhob sich. „Lulu und Bess vermissen mich vermutlich schon."

„Grüß die Kätzchen von uns", sagte Louisa leise, während sie ihre Handtasche und die Handschuhe zusammensuchte.

Belinda und Grace erhoben sich gleichzeitig. Beide behaupteten, sie hätten noch geschäftlich zu tun, obwohl Louisa wusste, dass sie normalerweise am Samstag nicht arbeiteten. Und sie bezweifelte, dass sie ausgerechnet heute arbeiten würden. Trotzdem sagte sie nichts dazu. Vermutlich wollten alle nach Hause, um in Ruhe weinen zu können. Sie selbst würde vermutlich nichts anderes tun. Außerdem wusste sie nach Adams Tod aus eigener Erfahrung, dass man Zeit zum Trauern brauchte. Zeit, die lang und einsam werden konnte …

Vor dem *Coffee Cup* umarmten sie sich noch einmal und versprachen sich, in Kontakt zu bleiben, bevor sie sich verabschiedeten. Als Louisa in ihren alten BMW stieg, fragte sie sich, wie eng ihre Verbindung jetzt, nach Lauras Tod, tatsächlich sein würde. Sie glaubte nicht, die nötige Energie dafür aufbringen zu können. Schon die Heimfahrt forderte all ihre Kraft.

Als Louisa ihre Einfahrt erreichte, war sie so müde, dass sie das Gefühl hatte, ein ganzes Jahr lang schlafen zu können. Sie erinnerte sich noch, wie glücklich sie gewesen war, als sie und Adam das Haus gekauft hatten. Das sei die nobelste Wohngegend in der Stadt, hatte ihnen Graces Mann Joel, ihr damaliger Makler, versichert. Das Haus sei eine erstklassige Wertanlage, hatte er behauptet. Doch kaum hatten sie ihre Umzugskisten ausgepackt, geriet die Wirtschaft in die Krise, und ihr Haus verlor drastisch an Wert. Deshalb, so hatte Adam gesagt, müssten sie vermutlich für den Rest ihres Lebens hier wohnen bleiben. Bei ihm hatte sich diese Prophezeiung erfüllt. Und auch sie würde vermutlich bis zu ihrem Tod hier festsitzen.

Als sie in ihre Garage fuhr, kam ihr wieder einmal der Gedanke, dass dieses Haus eigentlich viel zu groß für sie war. Damals, mit Anfang fünfzig, erschien es ihnen genau richtig. Ihr einziges Kind Matthew und seine Frau gründeten gerade eine Familie, und Louisa träumte davon, in diesem Haus fröhliche Weihnachtsfeste und andere Feiertage im Kreis

ihrer Lieben zu verbringen. Doch vor einigen Jahren war Matthew arbeitsbedingt mit seiner Familie nach Dubai gezogen. Ausgerechnet. Zwar war er zur Beerdigung seines Vaters gekommen, aber er ging davon aus, dass er noch mindestens ein Jahr in Dubai bleiben musste … vielleicht sogar zwei.

Matthew hatte Louisa nach Dubai eingeladen, aber sie konnte sich nicht vorstellen, ganz allein um die halbe Welt zu fliegen. Dieser Gedanke schreckte sie ab. So sehr, dass Laura angeboten hatte, sie auf ihrer Reise zu begleiten. Als sie sich jetzt daran erinnerte und ihr klar wurde, dass das nun niemals geschehen würde, überfiel sie die Traurigkeit mit voller Wucht.

Mit schwerem Herzen betrat sie das Haus. Als ihr Blick auf die Schachtel mit Weihnachtsschmuck fiel, die sie erst gestern im Wäscheraum abgestellt hatte, füllten sich ihre Augen mit Tränen. Auf Lauras Drängen hin hatte sie sie hervorgeholt und den Entschluss gefasst, ihr Haus festlich zu schmücken. „Tu so als ob, bis dir wirklich wieder danach ist“, hatte Laura Louisa zu Thanksgiving geraten. „Richte dein Haus weihnachtlich her, dann kommt die Weihnachtsfreude von ganz allein.“

Entschlossen trug Louisa die Schachtel in die Garage und stellte sie wieder in den Schrank, wo sie hingehörte. Als sie die Schranktür zuknallte, konnte sie die Tränen nicht mehr zurückhalten.

Kapitel 3

Zwar hatte Grace ihrer Assistentin Camille mitgeteilt, sie werde nach Lauras Beerdigung nicht mehr ins Büro kommen, aber dann schlich sie sich doch durch die Hintertür ins Haus und durchquerte auf Zehenspitzen den Ausstellungsraum zur hinteren Treppe, die hinauf in ihr Studio im ersten Stock führte. Dort konnte Grace endlich die Tränen fließen lassen, die sie während des Trauergottesdienstes nur mühsam hatte zurückhalten können.

In Wahrheit hatte ihr Gefühlsausbruch nur zum Teil mit Laura zu tun. Ein anderer Grund für ihre Tränen war auch ihre Frustration. So vieles lag im Argen. Ihre Ehe, die Kinder, ihre Karriere – alles schien aus dem Ruder zu laufen. Zumindest lief es nicht so, wie sie es sich vorgestellt hatte. Erst heute Morgen hatten sie und ihr Mann Joel wieder wegen der Zwillinge gestritten. Lauren und Hunter waren im zweiten Semester am College, und beide kamen nicht gut zurecht. Lauren erzählte, Hunter würde zu viel trinken und Partys feiern – noch mehr als im vergangenen Jahr. Als Folge davon

sackten seine Noten in den Keller. Und Hunter wiederum behauptete das Gleiche von Lauren.

Am vergangenen Wochenende, als die Zwillinge über Thanksgiving zu Hause gewesen waren, hatten Grace und Joel versucht, mit ihnen zu reden, aber da Joel ausfallend und laut geworden war, hatte sich das Gespräch schnell in einen Wettkampf verwandelt, wer am lautesten schreien konnte. Jetzt waren die Zwillinge wieder zurück auf dem Campus, und Grace machte sich wirklich große Sorgen um sie. Alkohol und die damit einhergehenden Gefahren waren nicht zu unterschätzen. Und Joels Ausbruch war auch nicht gerade hilfreich gewesen.

Am Morgen, auf dem Weg zum Trauergottesdienst, hatte Joel darüber geschimpft, wie teuer die Ausbildung der Zwillinge sei und dass das Geld vermutlich vergeudet wäre. Obwohl Grace sich über seinen übellaunigen Tobsuchtsanfall ärgerte, teilte sie seine Sorge. Die Zwillinge kosteten sie monatlich viel Geld. Bis zum Ende ihrer Ausbildung wären wohl ihre gesamten Ersparnisse der vergangenen zwanzig Jahre aufgebraucht.

Grace gab Joel die Schuld daran, dass Lauren und Hunter sich am vergangenen Wochenende gegen ihre Eltern verbündet hatten. Die beiden Neunzehnjährigen schienen gleichzeitig beschlossen zu haben, nicht mehr auf ihre Eltern zu hören. Es war, als hätten sie vergessen, dass sie abhängig von der finanziellen Unterstützung ihrer Eltern waren. Sie woll-

ten ihr Leben selbst bestimmen. Die beiden waren wirklich auffallend streitsüchtig gewesen.

Das hatte sie und Joel natürlich verärgert, und natürlich hatten sie den Konflikt nicht beilegen können. Aus Frust über Joels Ausbrüche hatte Grace sich am Samstag mit Laura treffen wollen. Obwohl Laura selbst keine Kinder hatte, erhoffte sich Grace von ihr hilfreiche Tipps und vor allem Trost. Bei all ihren kleinen und größeren Problemen mit den Kindern hatte Laura ihr stets mit Rat und Tat zur Seite gestanden. Ohne Laura wäre Grace in den vergangenen fünfzehn Jahren verloren gewesen.

Aber jetzt war Laura tot. Und Grace war verzweifelt, fühlte sich wie ein Schiff ohne Ruder in aufgewühltem Wasser. Joel schien die Ansicht zu vertreten, sie sollten die Kinder ihren Weg gehen lassen; sie würden entweder untergehen oder schwimmen lernen. Als ob die Ausbildung der Zwillinge nicht wichtig wäre! Hatte der Mann den Verstand verloren? Oder würde er am Ende nur *sie* mit seinem Verhalten in den Wahnsinn treiben?

„*Grace?*“ Camille blieb in der Tür stehen und starrte sie verblüfft an. „Entschuldigen Sie bitte – ich wusste nicht, dass Sie hier sind. Ich brauche die Spangler-Akte. Val Spangler ist unten und sucht Polsterstoff und –“

„Hier ist die Akte.“ Grace durchwühlte den Aktenstapel auf ihrem ausladenden Schreibtisch und wischte sich mit der anderen Hand die Tränen aus dem Gesicht.

„Alles in Ordnung?“ Camille kam näher und musterte sie neugierig.

„Ja, alles gut.“ Grace nahm die dicke Akte zur Hand.

„Ich dachte, Sie wollten nach der Beerdigung direkt nach Hause fahren.“

„Ich muss noch an einigen Zeichnungen arbeiten.“

„Soll ich Val das bringen?“ Camille griff nach dem Ordner.

„Nein.“ Grace drückte die Akte an die Brust. „Ich rede selbst mit ihr. Danke.“

Camille wich beleidigt zurück.

Grace zwang ein Lächeln auf ihr Gesicht. Ihr ging auf, dass sie zu schroff reagiert hatte. „Entschuldigen Sie bitte, Camille. Aber ich glaube, etwas Beschäftigung wird mir guttun. Verstehen Sie?“

„Natürlich.“ Camille nickte, schien jedoch nicht überzeugt. Es war, als erwarte sie eine Art Erklärung, die Grace ihr ganz bestimmt nicht geben würde. An Camilles Arbeit war nichts auszusetzen, aber manchmal empfand Grace sie als ein wenig übergriffig. Und ab und zu hatte sie das Gefühl, dass Camille gern in Graces Schuhe geschlüpft wäre – wie zum Beispiel jetzt bei der Sache mit Val Spangler. Wusste sie denn nicht, wie schwierig Val sein konnte? Dachte Camille im Ernst, sie könnte damit umgehen? Aber eine anstrengende Kundin war genau das, was Grace im Augenblick brauchte. Dadurch würde sie die anderen schwierigen Bereiche ihres Lebens ausblenden können … die vielen Dinge,

über die sie keine Kontrolle hatte. Mit Val würde sie schon fertigwerden.

***

Verwirrt und niedergeschlagen schlenderte Belinda nach dem Trauergottesdienst durch die Stadt. Anfangs wollte sie nach Hause gehen, aber die Vorstellung, jetzt allein zu sein, war alles andere als verlockend. Keinesfalls wollte sie wieder schimpfend durchs Haus rennen. Oder einen Heulkrampf bekommen.

Darum drehte sie um und beschloss, das Schaufenster in ihrem Secondhandladen neu zu dekorieren. Eigentlich nannte sie *Glad Rags* niemals einen „Secondhandladen“. Schon vor langer Zeit hatte sie gelernt, ansprechendere Begriffe, wie beispielsweise „Vintage-Laden“ oder „Upcycling-Boutique“, für ihr Geschäft zu verwenden. Und da die meisten der sorgfältig ausgewählten und oftmals nur selten getragenen Kleidungsstücke von ihr aufgepeppt wurden, waren sie in gewisser Weise sogar noch besser als neu. Einige entpuppten sich als ganz besondere Einzelstücke, die ihre Kundschaft, in der Regel junge Leute um die zwanzig, sehr zu schätzen wusste. Bei ihr bekam man gute Qualität, und davon lebten sie und Emma nun schon seit vielen Jahren. Seit Byron Michaels sie verlassen hatte, damals, als Emma noch Windeln getragen hatte. Die Trennung von ihrem

Mann hatte Belinda tief verletzt. Sie hatte sich zurückgewiesen gefühlt. Und nach ihrem hatte Byron noch viele andere Herzen gebrochen. Emma, die lockeren Kontakt zu ihrem Vater hielt, hatte Belinda erzählt, dass er noch vor Neujahr zum vierten Mal heiraten wolle.

Zum Glück hatte Belinda das schon lange überwunden. Mit der Hilfe ihrer Mutter hatte sie ein hübsches Ladenlokal gefunden und einen Secondhandladen mit Kinderkleidung und Kinderspielzeug eröffnet. Als Selbstständige konnte sie für ihr Kind da sein, und Emma war immer bei ihr im Laden. Ihr Geschäft wurde größer und größer, genau wie Emma, und mittlerweile hatte er sich zu einer schicken Secondhand-Boutique gemausert. Ein Laden, in dem Emma und ihre modebewussten Freundinnen nach wie vor gern einkauften.

Aber das war es nicht, was sie gedanklich beschäftigte, als sie ihr Schaufenster mit Kleidungsstücken und Accessoires neu dekorierte. Ihre Gedanken drehten sich um Laura und um den Gottesdienst, den sie gerade besucht hatte. Alles in allem war es ein wirklich schöner Trauergottesdienst gewesen. Es gab keinen Zweifel, dass Laura von allen, die das Glück gehabt hatten, sie zu kennen, sehr geliebt wurde. Belinda konnte sich glücklich schätzen, all diese Jahre Lauras beste Freundin gewesen zu sein. Nein, nicht glücklich. Ihre Mutter würde sagen, Belinda war *gesegnet.*

In dem Trauergottesdienst war immer wieder zum Ausdruck gekommen, dass Laura nun im Himmel und dort

mit Freuden aufgenommen worden war. Daran zweifelte Belinda keine Sekunde. Laura hatte ihr Licht niemals unter einen Scheffel gestellt. Eigentlich war Lauras ganzes Leben, wie Pastor Gregg es ausdrückte, ein einziges helles Leuchtfeuer in der Dunkelheit gewesen. Laura hatte nie mit Worten gepredigt, aber das war auch gar nicht nötig gewesen. Sie hatte Gottes Liebe und Güte gelebt, sie an Freunde, Mitarbeiter, Schüler, in der Schlange an der Tankstelle und im Supermarkt, ja, sogar an entlaufene Hündchen verschenkt. Im Trauergottesdienst hatten unzählige Leute gesessen, die Laura auf die eine oder andere Weise angerührt hatte. Gemeinsam hatten sie das Leben ihrer verstorbenen Freundin gefeiert – und das zu Recht, denn Laura hatte es verdient, gefeiert zu werden.

Belinda hielt einen glitzernden Gürtel an das schwarze Kleid, das sie im Schaufenster ausstellen wollte, und legte ihn wieder beiseite. Das Problem, das sie heute beschäftigte, hatte nur bedingt mit Laura zu tun. Es ging eher um Gott. Warum glaubte Gott, Laura wäre im Himmel nützlicher als hier auf der Erde? Gab es im Himmel nicht genügend wundervolle Menschen? Warum hatte er Laura zu sich holen müssen? Das verstand sie nicht. Und je mehr Belinda darüber nachdachte, desto mehr wuchs ihr Frust.

Ihr Versuch, sich abzulenken, zeigte keinen Erfolg. Wie gern Belinda in diesem Augenblick jemanden zum Reden gehabt hätte. Jemanden wie Laura. Oder ihre Mutter … aber

auch diese war vor einigen Jahren gestorben. Vielleicht hätte ihr auch ihre Großmutter weiterhelfen können, aber sie war mittlerweile leider an Demenz erkrankt. Und keinesfalls wollte sie Emma mit ihren Zweifeln belasten. Emma hatte Lauras Tod tief getroffen, und sie war sehr traurig darüber, dass sie wegen ihrer Abschlussprüfungen nicht einmal zur Beerdigung hatte kommen können.

Belinda gab ihren Versuch, das Schaufenster neu zu dekorieren, auf und legte die Sachen, die sie herausgesucht hatte, auf der Ladentheke ab. Sie bat ihre Mitarbeiterin Savannah, sie in einer ruhigen Minute wegzuräumen.

„Es war ein Fehler, heute herzukommen“, gestand sie Savannah, als sie ihre Handtasche unter dem Ladentisch hervorholte. „Ich gehe lieber nach Hause.“

„Es tut mir leid, dass es dir immer noch so schlecht geht“, sagte Savannah. „Vermutlich musst du dir einfach Zeit geben.“

„Zeit?“ Belinda blickte ihre junge Angestellte verdutzt an.

„Zeit zum Trauern, meine ich. Das sagt man doch immer so.“

Belinda verdrehte die Augen. „Vermutlich hast du recht. Bis morgen.“ Als sie auf die Straße trat, rollte erneut eine Welle der Traurigkeit über sie hinweg. Fast so, als hätte sie gerade ihre beste Freundin verloren. Ach ja, richtig – genau das hatte sie auch.

***

Nach dem Trauergottesdienst fuhr Cassidy sofort nach Hause. Sie redete sich ein, sich um ihre Katzen kümmern zu müssen. Doch Lulu und Bess konnten gut mehrere Tage ohne sie auskommen – zumindest wenn sie genügend Katzenfutter und Wasser hatten und die selbstreinigende Katzentoilette eingestöpselt war. Und mal ehrlich: Vermutlich brauchte sie die Katzen mehr als die Katzen sie. Wie peinlich, mit fast fünfunddreißig nur zwei verwöhnte Samtpfoten als Gesellschaft zu haben! So hatte sie sich ihr Leben nicht vorgestellt.

Beim Betreten ihrer Wohnung rief Cassidy nach ihren vierbeinigen Mitbewohnern. Zu ihrer Erleichterung kamen beide sofort angerannt. Vielleicht spürten sie ihre Traurigkeit; ihr Bedürfnis, etwas Lebendiges um sich zu haben. Sie bückte sich, um die Katzen zu streicheln, und belohnte beide mit einem Leckerbissen, bevor sie sich auf die Couch fallen ließ und nach der Fernbedienung griff. Das war zwar keine Art zu leben – das war ihr durchaus bewusst –, und es half ihr auch nicht beim Abnehmen. Doch heute konnte sie nicht anders.

Laura hatte Cassidy immer Mut gemacht, häufiger auszugehen. Neue Menschen kennenzulernen und neue Dinge auszuprobieren. Aber Cassidy war gut darin, Ausreden zu finden. Nach einem hektischen Tag in der Tierklinik war sie zu müde, oder sie musste ihre Wohnung auf Vordermann bringen, oder sie las gerade ein richtig gutes Buch. An Entschuldigungen mangelte es ihr nicht, aber die traurige Wahr-

heit war: Sie war zu einer regelrechten Schlaftablette geworden. Oder wie Laura es sagen würde: Sie hatte das Spielen verlernt.

Cassidys ausgeprägte Arbeitsmoral hatte sich schon früh in ihrem Leben gezeigt. Schon als Teenager hatte sie in den Sommerferien gejobbt und auf diese Weise ihre alleinerziehende Mutter unterstützt. Doch kurz nachdem Cassidy ihr Studium aufgenommen hatte, war ihre Mutter plötzlich verstorben. Dank Lauras und Louisas Hilfe und Ermutigung war es Cassidy gelungen, ihr Studium der Tiermedizin abzuschließen. Sicher, es hatte fast zehn Jahre gedauert und sie hatte auch immer nebenher arbeiten müssen, aber sie hatte es geschafft. Und gleich nach ihrem Examen hatte sie eine Stelle in der besten Tierklinik der Stadt bekommen. Zwar war es nur eine halbe Stelle, aber es würde sich trotzdem gut in ihrem Lebenslauf machen – falls sie sich jemals auf die Suche nach einem anderen Arbeitgeber machen sollte. Dr. Auberon hatte ihr damals eine volle Stelle in Aussicht gestellt, aber inzwischen arbeitete sie schon seit fast fünf Jahren für ihn, und nichts hatte sich getan. Wie dem auch sei – sie hatte sich inzwischen damit abgefunden und ihren Lebensstil an ihr bescheidenes Einkommen angepasst.

Cassidy schaltete den Fernseher ein, zappte ein wenig herum und blieb schließlich bei einer Sendung zum Thema „Heim und Garten“ hängen. Manchmal träumte sie davon, ihre winzige Wohnung gegen ein eigenes Haus mit weißem

Holzzaun und einem großen Garten einzutauschen, in dem ihre Katzen genug Auslauf hatten und spielen konnten. Und natürlich wäre dieser Traum noch viel schöner mit dem richtigen Mann an ihrer Seite. Aber nachdem ihr mit Anfang zwanzig ein Mann das Herz gebrochen hatte, war Cassidy vorsichtig geworden. Sie ging nur selten mit Männern aus, und wenn, dann war sie auf der Hut. Darüber hatte sie bisher nur mit Laura gesprochen, und zudem erst mehrere Jahre nachdem Conrad sie wegen einer gemeinsamen Freundin sitzen gelassen hatte. Dieses Mädchen hatte er dann noch im selben Jahr geheiratet. Das hatte ihr damals sehr zu schaffen gemacht, und obwohl Cassidy es noch niemandem – nicht einmal Laura – gegenüber zugegeben hatte, tat es immer noch weh, an Conrad zu denken. Nicht oft, aber manchmal, wenn sie erschöpft, kraftlos oder traurig war … so wie jetzt. Und während sie an Gewicht zugelegt hatte, hatte ihr Selbstwertgefühl immer mehr abgenommen. Das war auch so eine Sache, über die sie mit niemandem sprach … außer mit Laura.

Was sollte sie nur ohne Laura tun? Wer würde sie jetzt dazu ermutigen, sich ein eigenes Leben aufzubauen? Wer würde ihr damit drohen, ein Blind Date zu arrangieren, falls sie nicht selbst aktiv wurde? Zu Thanksgiving hatte Laura Cassidy ein lieb gemeintes Ultimatum gestellt. Sie solle bis zum Ende des Jahres mit einem Mann ausgehen. Cassidy hatte die Herausforderung angenommen. Aber das Jahr war in gut einem Monat zu Ende, und nun war keine Laura mehr

da, die auf die Einhaltung ihrer Absprache bestand. Außerdem wusste Cassidy ziemlich genau, wie eine solche Verabredung ausgehen würde. Und, ganz ehrlich? Es war ihr egal.

***

Louisa hatte nach dem Trauergottesdienst nicht mit ans Grab gehen wollen. Das schaffte sie einfach nicht. Sie konnte nicht denselben Friedhof betreten, auf dem vor weniger als einem Jahr Adams sterbliche Überreste bestattet worden waren. Außerdem, so redete sie sich auf dem Heimweg ein, wenn sie wirklich glaubte, was Pastor Gregg gesagt hatte, dann waren Adam und auch Laura jetzt im Himmel. Nicht auf dem Friedhof von Pine Grove. *Lasst die Toten ihre Toten begraben.*

Louisa setzte den Teekessel auf und trat an die große Terrassentür, die den Blick auf ihren perfekt gestalteten Garten freigab. Normalerweise würde sie jetzt Futter in die Vogelhäuschen füllen, zumal es draußen bereits winterlich kalt war, aber in diesem Jahr war es ihr einfach egal. Die Vögel würden das hoffentlich verstehen und Futter im Garten eines ihrer Nachbarn finden.

Als der Teekessel zu pfeifen begann, wandte sie sich von der Terrassentür ab. Sie griff nach einer Schachtel Chai-Tee und nahm sich die Zeit, den Duft der Gewürze einzuatmen, doch heute empfand sie dabei nicht die gleiche Freude wie sonst. Der Verlust von Alltagsfreuden war ein Symptom für

eine Depression, das war ihr bewusst. Immer wieder war in der Trauergruppe, die sie im ersten Monat nach Adams Tod besucht hatte, darüber gesprochen worden. Aber sie hatte auch gedacht, sie hätte mittlerweile Fortschritte gemacht. Sie hatte sich eingeredet, sie würde ihre Trauer langsam überwinden. Aber dann war Laura gestorben.

Louisa hatte das Gefühl, wieder genau da zu stehen, wo sie im vergangenen Winter gestanden hatte, und es war nicht gerade hilfreich zu wissen, dass wieder der Winter vor der Tür stand. Vielleicht sollte sie jetzt einfach dem Vorbild ihrer Schwester Beverly folgen und ins sonnige Phoenix ziehen. Allerdings war die Vorstellung, im Sommer die brütende Hitze ertragen zu müssen und im Winter keine einzige Schneeflocke zu sehen, auch nicht besonders reizvoll.

Während Louisa ihren Teebeutel ins heiße Wasser tauchte, dachte sie darüber nach, dass sie früher eigentlich immer ein sehr tatkräftiger Mensch gewesen war. Sicher, sie vermisste Adam sehr und sie würde auch Laura vermissen. Aber ihr Leben musste doch noch mehr für sie bereithalten. Du meine Güte, sie war doch erst dreiundsechzig! Einige Leute behaupteten, sechzig sei die neue Lebensmitte. Diese Meinung teilte sie nicht. Das war Unsinn. Doch aus irgendeinem Grund wollte Gott, dass sie immer noch hier war … obwohl sie sich beim besten Willen nicht vorstellen konnte, was dieser Grund sein sollte.

Wen würde es schon kümmern, wenn sie tot wäre? Oh,

natürlich wären Matthew, Leah und die Enkelkinder anfangs traurig. Aber sie würden ihre Trauer bald überwinden. Und vielleicht würde ihr Tod ihnen das Leben in der Ferne sogar leichter machen. Sie bräuchten dann keine Schuldgefühle mehr zu haben.

Sie schloss die Augen und atmete tief durch. „Warum bin ich noch hier?“, flüsterte sie. „Was hast du mit mir vor?“ Lange Zeit stand sie mit geschlossenen Augen dort in ihrer Küche, lauschte aufmerksam in die Stille in der Hoffnung, eine Antwort auf ihre Frage zu bekommen. Aber da war nichts.

Sie öffnete die Augen wieder und nahm den durchweichten Teebeutel aus ihrer Tasse. Als sie ihn in den Mülleimer werfen wollte, fiel ihr Blick auf ihren Terminkalender, der aufgeschlagen auf der Küchentheke lag. Im Gegensatz zu ihren jungen Freundinnen, die ihre elektronischen Geräte liebten, hielt Louisa an ihrem altmodischen Taschenkalender fest. Es gefiel ihr, ihre Termine darin zu vermerken und regelmäßig darin zu blättern. Das vermittelte ihr ein Gefühl von Stabilität, als hätte sie in gewissem Maß die Kontrolle über die verrückte Welt, in der sie lebte – auch wenn diese Vorstellung lächerlich war.

Als sie den Terminplan für diese Woche überflog, fiel ihr auf, dass für Donnerstag ein Treffen ihres Buchclubs geplant war. Sie wollten sich bei Laura treffen. Natürlich, das war mal wieder typisch! Wer würde wohl jetzt, da Laura nicht mehr da war, den Buchclub zusammenhalten?

Kapitel 4

Am Mittwoch war Belinda wieder in der Lage, sich auf die Arbeit zu konzentrieren, und gegen Mittag war es ihr sogar gelungen, eine überraschend ansprechende Auslage im Schaufenster zu präsentieren. Da Weihnachten vor der Tür stand, hatte sie beschlossen, nur rote, grüne und weiße Kleidungsstücke zu kombinieren. Als Deko verwendete sie nostalgischen Weihnachtsschmuck; Teile, die sie vor vielen Jahren ihrer Großmutter abgeluchst hatte. Dazu einige altmodische Lichterketten, die Emma früher immer „Gummidropslichter“ genannt hatte, und in Geschenkpapier verpackte Schachteln. Das Gesamtergebnis war wirklich sehr ansprechend.

Normalerweise wäre sie begeistert gewesen von ihrer gelungenen Schaufensterdekoration. Doch heute war sie einfach nur froh, diese Aufgabe hinter sich gebracht zu haben. Während sie noch die Reste des Geschenkpapiers und die übrig gebliebenen Dekoteile in eine Kiste packte, kam Savannah herüber, um sich ihre Arbeit anzuschauen.

„Das sieht wunderschön aus!“, rief sie begeistert. „Sehr stimmungsvoll.“

Belinda bedankte sich gerade bei ihr, als sie Clayton Wentworth entdeckte, der seinen SUV vor ihrem Laden geparkt hatte und zielstrebig zur Ladentür ging. Sie reichte Savannah die Kiste. „Würdest du das bitte für mich wegräumen?“

„Natürlich.“ Savannahs Blick wanderte zur Tür. „Lauras Mann?“, fragte sie flüsternd.

Belinda nickte, als die Türglocke klingelte, und begrüßte Clayton, der eintrat.

„Ich habe gestern vergessen, dir das hier zu geben.“ Mit bedrücktem Gesichtsausdruck hielt er eine silbrig glänzende Tüte in die Höhe.

„Was ist das?“

„Das hat Laura gebastelt. Für den Buchclub. Ich glaube, ihr wolltet euch diese Woche bei uns zu Hause treffen.“ Er reichte ihr die Tüte.

„Danke.“ Belinda schaute ihm in die Augen. „Wie geht es dir?“

Er zuckte mit den Schultern. „Wenn ich das nur wüsste.“

Sie seufzte. „Das verstehe ich.“

„Mein Bruder ist gerade von der Air Force in den Ruhestand verabschiedet worden“, erklärte er, „und will mich besuchen kommen … über die Feiertage.“

„Das ist schön.“

„Wahrscheinlich denkt er, ich brauche Hilfe.“ Er verdrehte die Augen.

„Na ja, ans Alleinsein muss man sich erst gewöhnen.“ Natürlich war das eine Untertreibung. Als Emma ans College gegangen war, hatte Belinda große Schwierigkeiten gehabt, sich damit abzufinden. Zum Glück hatte ihr Laura in dieser Zeit beigestanden. Wer weiß, was sonst aus ihr geworden wäre.

„Ich mag Todd sehr. Ich denke, seine Gesellschaft wird mir guttun.“ Clayton war schon wieder auf dem Weg zur Ladentür.

Sie hob die schimmernde Tüte in die Höhe. „Danke, dass du mir das vorbeigebracht hast.“

„Laura hat sich sehr darauf gefreut, euch Mädels damit zu überraschen.“ Er öffnete die Tür. „Ich gehe jetzt besser.“

„Mach's gut, Clayton.“ Belinda blickte ihm nach. Mit hängenden Schultern und eingezogenem Kopf trottete er zu seinem Wagen. Er wirkte so verloren, so traurig und allein … genau so, wie sie sich fühlte. Wieder einmal hätte sie Gott am liebsten mit der Faust gedroht und gefragt, warum es in seinen Augen eine so gute Idee gewesen war, Laura zu sich zu holen. Stattdessen stellte sie die Tüte auf die Ladentheke und rief Louisa an. Sie erzählte ihr, dass Clayton ihr eine Tüte für die Gruppe gebracht hatte.

„Was ist drin?“, fragte Louisa.

„Ich weiß es nicht.“ Belinda spähte in die Tüte und ent-

deckte vier kleine, in Seidenpapier eingewickelte Päckchen. „Laura hat immer gern Geschenke gemacht. Sie war handwerklich so begabt. Bestimmt hat sie etwas gebastelt."

„Wir wollten uns ja morgen bei ihr treffen."

„Ja, ich weiß." Belinda seufzte. „Daran habe ich auch gerade gedacht."

„Nun, wie wäre es, wenn ihr alle zu mir kommt?", bot Louisa unvermittelt an.

„Ich habe das Buch noch gar nicht fertig gelesen", gestand Belinda. „Ich dachte, ich würde es diese Woche schaffen, aber bei allem, was passiert ist, … war ich nicht wirklich in Stimmung."

„Ich habe es auch noch nicht fertig gelesen", sagte Louisa. „Um ehrlich zu sein, ich fand es ziemlich kompliziert und schwer zu lesen, und das brauchte ich nicht wirklich."

„Nein …"

„Also, was denkst du?", fragte Louisa voller Hoffnung. „Das könnte unser letztes Treffen sein. Ohne Laura, die den Club zusammenhält, weiß ich nicht, ob wir es schaffen, uns weiter zu treffen."

„Der Gedanke ist mir auch schon gekommen." Belindas Blick wanderte zu der Tüte. „Wenigstens könnten wir nachschauen, was Laura für uns in diese Tüte gepackt hat, und es gemeinsam auspacken – und damit einen Schlusspunkt setzen." Bei dem Wort „Schlusspunkt" zuckte Belinda innerlich zusammen. Was würde das für sie bedeuten?

„Dann treffen wir uns also bei mir", verkündete Louisa. „Ich brauche eine sinnvolle Beschäftigung. Ich rufe auch gern die anderen an. Natürlich nur, wenn du mit dem Plan einverstanden bist."

„Von mir aus gern. Dann sehen wir uns also morgen Abend?"

„Ja. Um sieben."

Belinda beendete das Gespräch. Das war wirklich eine gute Idee. Nicht nur, dass es eine willkommene Ablenkung für Louisa war; es würde sicherlich auch allen anderen helfen, Abschied zu nehmen. Irgendwie zweifelte Belinda daran, dass einer von ihnen den Buchclub jetzt noch weiterführen wollte. Abgesehen davon, dass Laura ihnen fehlen würde, waren vier Mitglieder einfach zu wenig. Nach fünfzehn Jahren war es nun vielleicht wirklich an der Zeit loszulassen. Ohne Laura war es nicht mehr dasselbe, und sie konnte sich beim besten Willen nicht vorstellen, ohne ihre geliebte Freundin weiterzumachen …

***

Als Belinda am Donnerstagabend vor Louisas imposanter Haustür stand, waren Grace und Cassidy bereits da. Von allen Gruppenmitgliedern besaß Louisa das eleganteste Haus. Es entsprach nicht unbedingt Belindas Geschmack, da sie ältere Häuser mit mehr Charme und Persönlichkeit

bevorzugte, aber Louisas moderner Bungalow war wirklich wunderschön – und sehr extravagant. Grace hatte das Haus für Louisa eingerichtet, und alles war perfekt aufeinander abgestimmt, wie ein Motiv aus einer Wohnzeitschrift.

„Schön, dass du da bist", freute sich Louisa, als Belinda das weitläufige Foyer betrat. „Schick und elegant – wie immer."

„Danke." Belinda bemühte sich um ein Lächeln, während sie sich aus ihrem langen Mantel schälte. „Und wie üblich sieht es auch bei dir toll aus. Perfekt und ordentlich. Wie machst du das nur, Louisa?"

„Ohne Enkelkinder in der Nähe … und ohne Haustiere … ist das gar nicht so schwer." Louisa nahm Belinda den langen Ledermantel ab und hängte ihn in den großen Flurschrank. Sogar die Holzkleiderbügel passten zusammen. „Komm herein und nimm dir was zu essen. Ich habe den ganzen Tag gekocht. Das war eine hervorragende Therapie."

Belinda wurde von den anderen begrüßt, und es dauerte nicht lange, bis sie mit vollen Tellern in Louisas großem Wohnzimmer saßen. Der Gaskamin flackerte heimelig, und überall brannten große Kerzen in Windlichtern.

„Es ist so schön, euch alle zu sehen", sagte Louisa. „Danke, dass ihr heute Abend gekommen seid. Und obwohl ich nicht weiß, wie es in Zukunft mit unserer Lesegruppe weitergeht, muss ich sagen, dass mir die Zeit mit euch viel Freude bereitet hat."

„Was meinst du?“, fragte Cassidy nach. „Werden wir uns etwa nicht mehr treffen?“

Louisa zuckte die Schultern. „Ich weiß es nicht. Ich denke, das muss die Gruppe entscheiden.“

„Vier Mitglieder sind vielleicht etwas zu wenig für eine Lesegruppe“, bemerkte Belinda vorsichtig. „Wenn jemand unterwegs ist oder den Termin vergisst, sind wir nur zu dritt.“

„Vielleicht sollten wir neue Leute einladen“, schlug Grace vor. „Eine meiner Nachbarinnen interessiert sich für eine Lesegruppe.“

„Ist sie nett?“, fragte Cassidy.

Grace zuckte mit den Schultern. „Ich kenne sie nicht besonders gut. Aber ich denke, sie ist ganz in Ordnung.“

Ohne große Begeisterung überlegten sie, ob sie ihre Lesegruppe fortführen sollten oder nicht. Gab es denn wirklich so viele gute Bücher, die sie noch nicht gelesen hatten? Sollten sie die Gruppe für neue Mitglieder öffnen und, falls ja, für wie viele? Und sollten sie sich auch weiterhin so häufig treffen?

„Ein Buch pro Monat zu lesen überfordert mich manchmal ein wenig“, gestand Belinda.

„Das geht mir auch so“, stimmte Grace ihr zu.

„Es sei denn, man hat kein Leben außerhalb der eigenen vier Wände“, warf Cassidy missmutig ein.

Irgendwann verstummte das Gespräch, und Belinda erinnerte sich an die silberne Papiertüte. Mit erzwungenem

Lächeln nahm sie sie zur Hand. „Die hat Clayton mir gestern im Laden vorbeigebracht. Ich schätze, Laura wollte sie uns heute Abend geben."

„Was ist drin?" Cassidy schaute sie mit großen Augen an.

„Ich habe keine Ahnung."

„Nun, dann sollten wir es herausfinden", schlug Louisa ungeduldig vor.

Belinda griff in die Tüte. Ihre Finger berührten etwas, das sich wie ein Umschlag anfühlte. Sie holte ihn heraus und las laut vor, was darauf stand. „Für meine Freundinnen aus dem Buchclub."

„Liest du uns den Brief vor?", bat Grace.

Belinda öffnete den Umschlag und zog ein Blatt heraus. Sie faltete es auf, und im Zimmer wurde es ganz still. Belindas Hände zitterten, als sie zu lesen begann.

Meine allerliebsten Freundinnen,
ich weiß, dass ich Euch nicht oft sage, wie sehr ich Euch mag und schätze. Zumindest nicht annähernd oft genug. Das Leben ist so hektisch und es gibt immer so viel zu tun. Aber nachdem ich heute Abend diese Geschenke für Euch fertiggestellt hatte, habe ich beschlossen, dass es an der Zeit ist, Euch zu sagen, wie viel Ihr mir bedeutet. Und ich stelle mich schon jetzt darauf ein, dass Ihr mir sagen werdet, wie kitschig das ist, wenn ich es Euch vorlese. Aber das ist in Ordnung.

Ihr Mädels seid seit Jahren meine besten Freundinnen. Ihr wart während meiner Krebserkrankung, der Chemo und der Bestrahlung an meiner Seite. Einige von Euch haben meine Hand gehalten, wenn ich Angst hatte, andere haben mir die Haare gehalten, wenn ich mich übergeben musste. Eine von Euch war immer für mich da. Ob Ihr Clayton und mir Essen gebracht habt, unser Haus geputzt oder die Wäsche gemacht habt oder sogar mit dem Hund spazieren gegangen seid – Ihr wart da. Ohne Euch hätte ich das wohl nicht geschafft!
Ihr vier seid im Laufe der Jahre meine Engel gewesen. Ja, das stimmt – in meinen Augen, liebe Freundinnen, seid Ihr Engel auf Erden! Ich glaube, dass Gott Euch zu mir geschickt hat, weil er wusste, dass ich Engel brauchen würde. Und als Erinnerung daran bekommt Ihr diese kleinen Zeichen meiner Freundschaft, die Euch daran erinnern sollen, wie dankbar ich für jede von Euch bin. Frohe Weihnachten, meine Engel!

In Liebe, Laura

Als Belinda den Brief langsam wieder zusammenfaltete, sagte keiner ein Wort, und alle hatten Tränen in den Augen. „Wow …“ Belinda schob den Brief wieder in den Umschlag zurück. „Ich kann nicht glauben, dass Laura *uns* als Engel bezeichnet – dabei ist *sie* doch einer gewesen.“

„Ja“, bestätigte Cassidy leise. „Das war auch mein erster Gedanke. Und ich wünschte, ich wäre mehr wie sie.“

„Ich auch“, sagte Grace mit einem Zittern in der Stimme. „Im Vergleich zu Laura bin ich überhaupt nicht engelhaft. Fragt nur Joel, er wird es euch bestätigen.“

„Ich bin auch kein Engel.“ Louisa schüttelte traurig den Kopf. Sie deutete auf die Tüte. „Was ist noch drin?“

Belinda nahm ein kleines, in weißes Geschenkpapier eingewickeltes Bündel heraus, das durch ein goldenes Bändchen zusammengehalten wurde. Daran befestigt war ein kleiner Geschenkanhänger mit einem in goldener Tinte geschriebenen Namen. „Für Cassidy“, las sie und reichte das Geschenk weiter. Dann holte sie auch die anderen Päckchen heraus. Sie waren alle gleich eingepackt und mit Namen versehen. Schließlich saßen alle da mit ihren eingepackten Geschenken auf dem Schoß.

„Kommt, wir sehen nach, was drin ist.“ Belinda begann, das Geschenkband aufzudröseln, und dachte gleichzeitig darüber nach, wie viel Mühe sich ihre beste Freundin für sie gemacht hatte – vor gar nicht allzu langer Zeit. Die anderen machten sich ebenfalls ans Auspacken ihres Geschenks. Im Zimmer hörte man nur das Rascheln des Geschenkpapiers und dann die erstaunten Ausrufe des Entzückens.

Belinda betrachtete den filigranen Engel in ihrer Hand. Die kleine Figur aus glänzendem Satin und feiner Spitze war wunderschön. Am faszinierendsten war allerdings das

handgemalte Gesicht auf der großen Holzperle. Der karamellfarbene Hautton, die dunklen Locken und die schokoladenbraunen Augen ließen keinen Zweifel daran, dass dieser Engel Belinda sein sollte. Sie spürte, wie ihre Kehle eng wurde, während sie den zarten Engel bestaunte. Jedes Detail war perfekt!

„Ob Laura wusste, dass sie sterben würde?", fragte Cassidy mit tränenerstickter Stimme.

Belinda hob den Blick und sah, dass die anderen ähnliche – und gleichzeitig doch ganz unterschiedliche – Engel in der Hand hielten. Jeder einzelne ähnelte der Frau, für die er bestimmt war. Ganz offensichtlich hatte Laura viel Zeit in die Geschenke investiert und sich viele Gedanken gemacht. „Nein, das hat sie nicht wissen können", erwiderte Belinda. „Sie hatte ein Aneurysma. So etwas lässt sich nicht vorhersagen."

„Aber dass sie diesen Brief geschrieben hat, diesen Dank an uns …", warf Grace ein. „Dass sie diese Engel für uns gemacht hat, damit wir sie nicht vergessen. Und dass sie uns ihre Engel nennt … das erscheint mir schon recht merkwürdig. Einen solchen Zufall kann es doch gar nicht geben. Es ist beinahe so, als hätte sie eine Vorahnung gehabt."

„Oder als hätte Gott seine Hand im Spiel", erwiderte Louisa nachdenklich.

„Das denke ich auch." Cassidy hielt ihren Engel in die Höhe. „Irgendwie glaube ich, dass das etwas zu bedeuten hat.

Es scheint mehr zu sein als ein nettes Erinnerungsstück, das ich an meinen Weihnachtsbaum hängen kann."

„Das glaube ich auch", stimmte Grace ihr zu. „Es hat eine bestimmte Bedeutung."

„Welche könnte das eurer Meinung nach sein?", fragte Belinda.

Lange Zeit schwiegen alle, aber ihre Gesichter zeigten, dass sie intensiv nachdachten. Sehr intensiv.

„Ich glaube, ich weiß, was es bedeutet", bemerkte Louisa schließlich ernst. Sie blickte ihre Freundinnen nacheinander an. „Ich hoffe, ihr haltet mich nicht für verrückt, aber ich glaube wirklich zu wissen, was es bedeutet." Sie erzählte, wie deprimiert sie in letzter Zeit gewesen sei und dass sie darüber nachgedacht habe, was die Ursache dafür sein könnte. „Ich habe gebetet und Gott gefragt, warum er mir Adam genommen und mich hier ganz allein zurückgelassen hat. Und warum er dann auch noch Laura zu sich geholt hat und nicht mich. Ich hätte mich gefreut, Adam im Himmel wiederzusehen." Sie hielt kurz inne. „Stattdessen hat er Laura zu sich genommen, die doch noch so jung war und ihr Leben noch vor sich hatte."

„Aber das erklärt doch nicht, warum –", platzte Belinda heraus.

„Lass mich bitte ausreden", erwiderte Louisa bestimmt. „Ich glaube, dass Laura tatsächlich eine Art Vorahnung hatte – vermutlich von Gott. Sie hat diese Engel gebastelt

und diesen Brief geschrieben, um uns Mut zu machen, *selbst* Engel zu werden."

„Engel zu werden?" Grace runzelte die Stirn. „Wie meinst du das?"

„Wir sind uns doch einig, dass Laura ein Engel auf Erden war", erklärte Louisa mit fester Stimme. „Sie war für andere da – ob mit einem freundlichen Wort oder einer helfenden Hand. Ihr habt doch gehört, was die Leute im Trauergottesdienst über sie gesagt haben. Lauras Leben war fast zwanzig Jahre kürzer als meines an diesem Punkt, doch sie hat mehr Gutes bewirkt als ich in meinem ganzen Leben." Sie hielt den Engel an dem Satinband in die Höhe und beobachtete, wie sich die kleine grauhaarige Figur langsam drehte. „Und ich fühle mich dadurch persönlich herausgefordert. Ich weiß nicht, wie viele Jahre ich noch auf dieser Erde habe, aber ich weiß jetzt, dass ich meine Zeit und Energie besser nutzen muss."

„Was meinst du damit?", fragte Belinda.

„Ich möchte so wie die Engel sein, die Laura in ihrem Brief beschrieben hat. Und da Weihnachten vor der Tür steht, möchte ich *jetzt* damit anfangen." Louisa grinste sie an. „Ich möchte ein Weihnachtsengel sein."

„Ich auch!", stimmte Cassidy begeistert zu.

„Und ich auch", erklärte Grace.

Belinda betrachtete den Engel in ihrer Hand und nickte zögernd. „Okay … Ich möchte auch ein Weihnachtsengel

sein.“ So seltsam die Worte in ihren Ohren auch klangen, sie hallten tief in ihrem Herzen wider. Sie wollte wirklich ein Weihnachtsengel sein. „Aber wie sollen wir das anstellen?“

„Indem wir Weihnachtswunder vollbringen“, erwiderte Louisa. „Engel sind doch in der Lage, Wunder im Leben anderer Menschen zu bewirken. Laura hat das immerzu gemacht. Und wir werden diese Tradition fortsetzen. Laura zu Ehren.“

Plötzlich redeten alle durcheinander, machten Vorschläge, wie sie anderen helfen konnten, überlegten, welche guten Werke sie tun, wie sie etwas bewirken konnten. Am Ende des Abends hatten sie zwar nicht über den Roman gesprochen – den ohnehin keine von ihnen zu Ende gelesen hatte –, aber ihre Traurigkeit und düstere Stimmung war einer vorsichtigen Begeisterung gewichen. Sie fühlten sich neu belebt.

„Ich finde, wir sollten uns weiterhin regelmäßig treffen“, schlug Louisa vor, als sie den Frauen in ihre Mäntel half. „Wir können uns doch gegenseitig erzählen, wie wir mit unserem ‚Engel-Projekt‘ vorankommen, und uns gegenseitig Mut machen.“

„Ja!“, stimmte Cassidy zu. „Statt der Lesegruppe haben wir dann ein ‚Engel-Treffen‘.“

„Ein Engel-Treffen“, wiederholte Louisa. „Das gefällt mir.“

Sie beschlossen, in einer Woche wieder zusammenzukommen, und Grace bestand darauf, die Gastgeberin für diesen Abend zu sein. „Vielleicht inspiriert mich das ja, die

Weihnachtsdekoration hervorzuholen", sagte sie ein wenig bedrückt. „Im Moment ist mir noch gar nicht danach." Die anderen stimmten ihr zu und gestanden, dass auch sie nicht gerade in Weihnachtsstimmung waren.

„Ich habe noch eine Idee", sagte Belinda, während sie ihren Mantel zuknöpfte. „Wie wäre es, wenn wir die Sache für uns behalten?"

„Du meinst, wir sollen uns nicht zu erkennen geben?", fragte Cassidy. „Wie ein Nikolaus, der heimlich Stiefel befüllt?"

„Nein, das meine ich nicht", stellte Belinda klar. „Obwohl das vielleicht auch Spaß machen würde. Aber ich habe mehr an uns vier gedacht. Daran, dass wir niemandem von unserem Engel-Projekt erzählen."

„Die Idee gefällt mir", sagte Grace. „Sozusagen ein Geheimclub."

„Genau", erwiderte Belinda.

„Ein Club zur Erinnerung an Laura", erklärte Louisa.

„Und von ihr inspiriert", fügte Cassidy hinzu.

Nachdem sich die Weihnachtsengel voneinander verabschiedet hatten, gingen alle hinaus in die kalte Nachtluft und eilten zu ihren Autos. Belinda spürte einen warmen Strom der Hoffnung in ihrem Inneren aufsteigen. Das konnte interessant werden!

Kapitel 5

Auf dem Heimweg dachte Cassidy über ihr Engel-Projekt nach. Es musste irgendetwas mit Tieren zu tun haben. Von Kindesbeinen an hatte Cassidy ein großes Herz für alle Arten von Lebewesen gehabt. Ob Goldfische, Echsen oder Meerschweinchen – ihre Haustiere hatten Cassidy durch eine unglückliche Kindheit in einem schwierigen Elternhaus gebracht. Sie waren der Grund, warum sie schließlich Tierärztin geworden war. Und wenn sie Tieren half, half sie gleichzeitig auch deren Besitzern, weil jeder, der ein Tier liebt, weiß, welche Sorgen man sich macht, wenn die Gesundheit des eigenen Haustiers in Gefahr ist.

Plötzlich erinnerte sich Cassidy an die alte Frau, die sie am Morgen in der Tierklinik getroffen hatte. Mrs Morgan war mit dem Taxi gekommen, um ihrer kranken Katze die dringend benötigte Hilfe zukommen zu lassen. Sie hatte keinen Termin gehabt und kaum den Empfangsbereich betreten, als sie in Tränen aufgelöst gestand, dass sie mit Muffin noch nie beim Tierarzt gewesen und die elfjährige Katze nicht geimpft

sei. Tierärztliche Versorgung sei so teuer, erklärte Mrs Morgen weiter, und da sie kein Auto besitze, sei es besonders umständlich für sie, die Katze in die Tierklinik zu bringen.

Doch Mrs Morgan liebte Muffin von ganzem Herzen und wollte, dass ihr Kätzchen medizinische Hilfe bekam. Sie war zutiefst betrübt, als Cassidy ihr mitteilte, dass sie die kranke Katze mindestens eine Nacht in der Tierklinik behalten wolle, um sie aufzupäppeln. Cassidy hatte ihr daraufhin versprochen, sie am Abend anzurufen und ihr Bescheid zu geben, wie es ihrem Liebling ging, was sie auch getan hatte. Sie hatte Mrs Morgan sogar angeboten, Muffin wieder nach Hause zu bringen, wenn es der Katze besser ging. Hoffentlich schon morgen.

Langsam nahm Cassidys Plan Gestalt an. Als sie auf den Parkplatz vor ihrer Wohnung einbog, wusste sie genau, was sie tun wollte. In ihrer Freizeit, von der es reichlich gab, würde sie Hausbesuche bei älteren Menschen mit Haustieren machen – Tierbesitzer wie Mrs Morgan, die sich eine Behandlung beim Tierarzt nicht leisten konnten. Natürlich musste sie das zuerst mit Dr. Auberon besprechen. Wenn er seine Zustimmung gab, würde sie sich überlegen, wie sie ihren Plan in die Tat umsetzen konnte. Vielleicht wäre er sogar bereit, ihr einige Impfstoffe und die wichtigsten Medikamente kostenlos zur Verfügung zu stellen oder ihr zumindest einen guten Preis dafür zu machen.

Als sie die Treppe zu ihrer Wohnung hochstieg, wurde

ihr bewusst, dass sie dem Wunsch der Gruppe, den Engel-Club geheim zu halten, unbedingt nachkommen musste. Sie würde Dr. Auberon ihr Ansinnen also so erklären, dass sie sich in der Vorweihnachtszeit um benachteiligte Tierhalter und deren Haustiere kümmern wolle. Und sie hoffte, dass sich ihr Chef für ihre Idee erwärmen konnte und ihr helfen würde.

In ihrer Wohnung schaltete Cassidy das Licht an und rief nach ihren Katzen. Die beiden waren zum Glück kerngesund, auch wenn sie sich an diesem Abend sehr distanziert gaben. Sie wollten sie wohl bestrafen, weil Cassidy sie den ganzen Abend allein gelassen hatte. Verwöhnte Dinger!

„Na gut", sagte sie, als sie ihren Mantel aufhängte. „Wie ihr wollt."

Sie nahm das kleine Päckchen aus ihrer Manteltasche, schlug das Seidenpapier auf und betrachtete den wunderschönen Weihnachtsbaumanhänger unter der hellen Deckenleuchte. Seine blassblauen Augen und die straßenköterblonden Haare (die Laura immer als honigblond bezeichnet hatte) ließen keinen Zweifel daran, dass der Engel Cassidy ähnlich sehen sollte. Nur dass der Engel nicht mollig war – das hätte besser gepasst. Dieser Engel war schlank und anmutig.

Aus Sorge, ihre Katzen könnten sie zwischen die Krallen bekommen, hängte Cassidy die filigrane Figur an die Kette des Deckenventilators. Dort war sie vor den beiden in

Sicherheit. Und wann immer sie daran vorbeiging, würde der Engel sie an Laura und ihre Freundinnen erinnern … und an das Projekt, das sie so bald wie möglich in Angriff nehmen wollte.

Cassidy streifte die Schuhe von den Füßen und ließ sich auf der Couch nieder, doch sobald sie nach ihrem Laptop griff, kamen Bess und Lulu angetrottet. Sie sprangen auf das Sofa, legten sich auf Cassidys Schoß und rieben ihre pelzigen Gesichter an ihren Händen und ihrem Laptop, sodass sie keine Chance hatte, die Nachrichten zu lesen, die sie aufgerufen hatte.

„Ihr Katzen seid so durchschaubar!“ Sie legte den Laptop beiseite und streichelte ihre beiden launischen Mitbewohnerinnen. „Wenn ich euch rufe, damit ihr zu mir kommt, dann weigert ihr euch. Wenn ich will, dass ihr fortbleibt, dann lasst ihr mir keine Ruhe.“ Eigentlich wusste Cassidy natürlich genau über die Eigenwilligkeit einer Katze Bescheid. Eine Katze tat, was sie wollte. Und der Besitzer musste sich wohl oder übel damit abfinden.

Seufzend lehnte sie sich auf der Couch zurück. Das Zusammenleben mit einem Mann wäre sicherlich schwieriger als mit einer Katze. Aber ein Mann würde sich mit ihr unterhalten … mit ihr kochen … ihre müden Füße massieren … mit ihr spazieren gehen … Nicht dass jede Menge fantastischer Männer bei ihr Schlange standen. Zumindest wusste sie von keinem. Da war keiner, der sich für jemanden

wie sie interessierte. Und darum gab es nur ihre Katzen und sie. Cassidy, die alleinstehende Katzenfreundin.

***

Als Grace das Haus betrat, empfing sie das Dröhnen des Fernsehgeräts aus dem Keller. Joel schien sich ein Footballspiel anzusehen. Wenn sie nicht zu Hause war, stellte er den Fernseher immer besonders laut. Ohne ihren Mann zu begrüßen, was sie eigentlich hätte tun sollen, schloss sie leise die Tür zum Keller und ging in die Küche, wo sie ihren Engel aus der Tasche nahm und ihn eingehend betrachtete.

Es war ein Trost zu wissen, dass Laura ihn für sie gebastelt hatte, aber natürlich war das kein Ersatz für Lauras Freundschaft. Grace bezweifelte, dass sie jemals wieder eine Freundin wie Laura finden würde. Über Belindas auffallende Herzlichkeit an diesem Abend hatte sie sich gewundert, allerdings bezweifelte sie, dass es eine Einladung zur Freundschaft gewesen war. Wahrscheinlich hatte sie sich aus Respekt vor Laura so verhalten.

Grace wurde das Gefühl nicht los, dass Belinda sie nicht besonders mochte. Laura hatte ihr immer versichert, das sei lächerlich. Sie meinte, man brauche Zeit, um Belinda kennenzulernen, und eine Zeit lang hatte Grace sich bemüht, freundlicher zu ihr zu sein. Doch sie hatte den Eindruck, je mehr Mühe sie sich gab, desto mehr ging Belinda auf Dis-

tanz. Schließlich war Grace zu dem Schluss gekommen, dass Belinda nicht mit ihr befreundet sein wollte. Oder sie war ein Snob. Aber heute Abend war Belinda sehr freundlich gewesen. Zumindest für ihre Verhältnisse.

Grace stellte ihren Engel zu den weißen Kerzen auf dem Esstisch und nahm sich vor, am Wochenende die Weihnachtsdekoration hervorzuholen. Und dann musste sie sich auch noch ein Engel-Projekt überlegen. Grace gab es nur ungern zu – sowohl anderen als auch sich selbst gegenüber –, aber sie war ziemlich selbstsüchtig. Das hatte zumindest ihre Mutter immer behauptet. Und auch Joel ließ das manchmal durchklingen. Wenn sie ehrlich zu sich war, musste sich Grace eingestehen, dass sie sich zwar fröhlich und großzügig geben konnte, doch ihre Motive waren häufig eigennützig. Sie half in der Regel nur solchen Menschen, von denen sie eine Gegenleistung erwarten konnte. Einer Person zu helfen, die sich nicht erkenntlich zeigen konnte, nun, das war ein ganz neuer Ansatz für sie. So etwas ging ihr nicht so leicht von der Hand.

Sie ging in die Küche, um sich eine Flasche Mineralwasser zu holen. Dort hatte Joel wieder einmal ein einziges, großes Durcheinander hinterlassen. Warum war es so schwer, dreckiges Geschirr in die Spülmaschine einzuräumen? Während sie das Geschirr abspülte und in die Spülmaschine stellte, gingen ihr Gedanken durch den Kopf, die nicht gerade engelhaft waren. Zum Glück war Joel nicht in

der Nähe, sonst hätte sie ihm die Meinung gesagt. Auch so ein Verhalten, das nicht zu einem Engel passte. War sie stolz darauf? Natürlich nicht. Aber sie und ihr Mann waren beide berufstätig. War es da nicht fair, dass sie sich auch die Arbeit im Haushalt teilten? Das hatte sie Joel schon mehr als einmal klarzumachen versucht.

Während sie die klebrigen Arbeitsflächen abwischte, wurde ihr bewusst, dass Joels Verständnis von einem sauberen und ordentlichen Haus nicht das gleiche war wie ihres. Das war es nie gewesen. Manchmal hatte man bei ihm das Gefühl, er wäre bei Wölfen aufgewachsen. Bei ihr dagegen konnte man auf den Gedanken kommen, sie leide unter Zwangsneurosen. Aber was sollte sie tun? Sie liebte es nun mal, wenn das Haus sauber und aufgeräumt war. Ein Platz für alles und alles an seinem Platz – was war so verkehrt daran? Warum hatte Joel das nach fast fünfundzwanzig Jahren Ehe immer noch nicht begriffen?

Ordnung und Effizienz waren in ihrem Beruf von entscheidender Bedeutung. Das Heim einer Innenarchitektin sollte ein Vorzeigeobjekt sein; schön anzusehen, um damit Kunden anzuwerben. Auf diese Weise führte man vor, was entstehen kann, wenn Funktionalität auf modernes Design trifft. Das war doch nachvollziehbar. Aber nicht für Joel. Ihr bodenständiger Mann war der Meinung, ein Haus sollte heimelig und einladend wirken – und *bewohnt*. Aus Sicht eines Immobilienmaklers durchaus verständlich. Und das bedeu-

tete, die Schuhe auf dem Boden verteilt und eine Zeitung auf dem Couchtisch herumliegen zu lassen. Manchmal hatte sie den Eindruck, dass er sie damit ärgern wollte.

Kurz nachdem die Zwillinge ans College gegangen waren, hatte Joel den ausgebauten Keller für sich vereinnahmt und in seine „Männerhöhle“ verwandelt. Deshalb liefen sie sich unter der Woche nur noch selten über den Weg. Aber da sie, wenn sie jetzt aufeinandertreffen würden, vermutlich nur wegen der Zwillinge und deren unsicherer Zukunft streiten würden, war das vielleicht auch besser so. Und dennoch: Sie fühlte sich ziemlich einsam. Ihre Einsamkeit wuchs von Tag zu Tag. Vor allem jetzt, da der Winter vor der Tür stand … und Laura nicht mehr da war.

Grace schlenderte ins Wohnzimmer hinüber. Ganz anders als das elegante, stilvolle Wohnzimmer, das sie für Louisa und Adam gestaltet hatte, strahlte dieser Raum mit seinen sanften Erdtönen und dem vielen Stein und Holz entschieden mehr Wärme aus. Joel hatte auf eine, wie er es ausdrückte, „zweckmäßige und gemütliche Einrichtung“ bestanden. Das hatte natürlich Sinn gemacht, als die Zwillinge noch klein waren und zu Hause lebten, doch Grace hatte sich vorgenommen, ihr leeres Nest ein wenig umzumodeln und es eleganter und zeitgemäßer zu gestalten. Aber angesichts der Studiengebühren und der allgemeinen Wirtschaftslage waren sie im Augenblick ziemlich knapp bei Kasse. Und soweit Grace das einschätzen konnte, würden sie sich noch eine ganze Weile

mit dieser „zweckmäßigen und gemütlichen Einrichtung“ begnügen müssen.

Sie ließ sich auf das Ledersofa vor dem großen Kamin fallen, starrte in das große schwarze Loch und fragte sich, wie lange sie kein Feuer mehr angezündet hatten und ob der Kamin wohl mal gereinigt werden musste. Ein tiefer Seufzer stieg in ihr auf. Wann war sie eigentlich so unzufrieden geworden? Und was würde sie dagegen unternehmen? Sie dachte an das Engel-Projekt von heute Abend. Eben noch war es in ihren Augen eine gute Idee gewesen, aber wenn sie jetzt darüber nachdachte, fragte sie sich, ob sie wohl ein Projekt finden würde, das zu ihr passte. Konnte sie wirklich etwas Gutes tun? Und wenn ja, was sollte das sein?

Während sie einen Schluck Wasser trank, fragte sie sich, was Laura tun würde. Die Antwort war simpel. Laura würde einfach weiterhin tun, was Laura die ganze Zeit getan hatte: für die Menschen in ihrer Umgebung da sein, sie lieben, ihnen helfen. Einfach sie selbst sein.

Laura war der selbstloseste Mensch gewesen, den Grace je kennengelernt hatte. Vielleicht war es das, was Grace all die Jahre so zu ihr hingezogen hatte. Wenn Grace nur so sein könnte wie sie! Aber das erschien ihr so schwer. Und jetzt war ihr Vorbild nicht mehr an ihrer Seite. Warum sollte sie sich überhaupt noch anstrengen?

***

Als Louisa nach dem Treffen des Buchclubs – oder vielmehr dem ersten Treffen der Weihnachtsengel – aufräumte, verspürte sie erstmals seit Langem neuen Schwung. Der Abend mit den Mädels war ganz klar ein Schritt in die richtige Richtung gewesen. Sie hatte es regelrecht genossen, die Gesichter ihrer Freundinnen aufleuchten zu sehen, als sie über ihre Idee sprachen, anderen Menschen zu einem Engel zu werden.

Während sie einen Teller mit Resten in den Kühlschrank stellte, schlichen sich jedoch Zweifel in ihre Gedanken ein. Was, wenn sie eine Grenze überschritten hatte? Die Behauptung, sie sei sicher, dass sie Weihnachtsengel für andere werden sollten, war vermutlich ziemlich anmaßend. Und doch hatte es sich absolut richtig angefühlt. Trotzdem, als sie jetzt die Spülmaschine einschaltete, war sie nicht mehr so sicher. Was, wenn sie selbst der Aufgabe gar nicht gewachsen war? Davon zu reden war schön und gut – ihre Pläne in die Tat umzusetzen war allerdings etwas ganz anderes. Wie peinlich, wenn sie ihren Freundinnen eingestehen müsste, dass sie die Idee, die sie selbst vorgeschlagen hatte, nicht hatte umsetzen können!

„Ich werde *nicht* scheitern“, sagte sie laut, während sie das Spülbecken trocken wischte. Doch schon als sie das Küchenlicht ausschaltete, stiegen die Zweifel wieder in ihr hoch. Was konnte sie schon tun … und vor allem: für wen? Sie war dreiundsechzig und hatte nie wirklich einen Beruf ausgeübt.

Wie sollte jemand wie sie einem anderen helfen können? Und doch hatte sie heute Abend das Wort ergriffen und so getan, als wäre sie vollkommen im Einklang mit dem, was ihr nun als unmöglicher Traum erschien. Was hatte sie sich nur dabei gedacht?!

Während sie durch ihr topmodernes Zuhause schritt, fühlte sie sich wie eine Heuchlerin. Die meisten Menschen hielten sie für wohlhabend, und sie machte sich nur selten die Mühe, diese Annahme zu korrigieren. Die Wahrheit war: Sie und Adam hatten während der letzten Wirtschaftsflaute fast ihren gesamten Besitz verloren. Ihr hübsches Heim war bis zu den Dachbalken verschuldet, und manchmal, wenn sie ganz ehrlich zu sich war, ließ sie den Gedanken zu, dass Adams Herzinfarkt vermutlich eine Folge von Stress gewesen war. Schließlich hatten sie ihre gesamten Rücklagen fürs Alter verloren. Nur mit Laura hatte sie darüber gesprochen. Und jetzt hatte sie ihre einzige Vertraute verloren.

Während Louisa die Lichter im Haus ausschaltete, bat sie Gott, ihr zu helfen und ihr zu zeigen, wie sie ein Engel auf Erden sein konnte. Als sie bemerkte, dass das Licht in ihrem Atelier brannte, ging sie noch einmal zurück, um es auszuschalten. Wann hatte sie es überhaupt eingeschaltet? Bevor sie den Lichtschalter betätigte, schaute sich Louisa noch einmal in dem vernachlässigten Raum um. Ihr Blick wanderte über die Regale mit ihren Malutensilien. Die Fensterfront. Die weißen Leinwände, die an dem alten Büffetschrank lehn-

ten, in dem sie verschiedene Werkzeuge, Fundstücke aus der Natur und mehrere Krüge mit Pinseln verstaut hatte. Alles stand bereit und wartete darauf, dass die Künstlerin kam und wieder zu Werke ging. Was für eine Verschwendung!

Sie wollte sich gerade umdrehen und das Licht ausschalten, als ihr Blick an einem Stapel Zeichenblöcke hängen blieb, auf dem ein verblichener Flyer lag. Sie nahm ihn zur Hand, überflog ihn und versuchte sich zu erinnern, warum sie ihn aufbewahrt hatte. In dem Flyer wurde ein therapeutischer Malkurs im Pine-Grove-Freizeitzentrum beworben.

Jetzt erinnerte sie sich wieder an das Telefongespräch mit einer Frau namens Fran, das sie kurz vor Adams Tod geführt hatte. Louisa hatte sich nach dem Kurs erkundigt und ihre Mitarbeit angeboten. Sie hatte versprochen, einmal vorbeizukommen, und Fran hatte ihr versprochen, ihr ein Informationsblatt zu schicken. Fran hatte ihr Versprechen gehalten, Louisa dagegen nicht. Doch vielleicht war es noch nicht zu spät …

***

Belinda hatte sich die ganze Nacht in ihrem Bett herumgewälzt und war schließlich durch einen seltsamen Traum endgültig aufgewacht. Während sie sich für die Arbeit fertig machte, ließ sie ihn noch einmal Revue passieren. Sie war in einer Art Sporthalle, in der jede Menge Metallfässer standen;

Fässer, in denen normalerweise Öl transportiert wurde. Die Fässer waren mit alten und zerlumpten Kleidungsstücken gefüllt. Außerdem lagen auch Pfannen und Badematten in den Fässern, die nun definitiv keine Kleidungsstücke waren, aber irgendwie sollte sie damit ein Dutzend hübscher Mädchen für eine wichtige Modenschau einkleiden. Immer wenn sie gerade mühsam ein Outfit zusammengestellt hatte, fiel alles wieder auseinander. Wie frustrierend!

Auf dem Weg zur Arbeit überlegte sie, was der Traum wohl zu bedeuten hatte. Die Vorstellung, eine Modenschau zu organisieren, war ungemein reizvoll. So etwas hatte sie noch nie gemacht, und dabei bot sie in ihrem Geschäft so viele hübsche Kleidungsstücke an. Das wäre bestimmt kein Problem. Aber welchem Zweck konnte die Modenschau dienen? Werbung machen für ihren Laden, damit sie mehr verkaufte? Ja, das wäre keine schlechte Idee. Aber konnte man mit einer Modenschau nicht auch Spendengelder sammeln? Und auf einmal kam ihr die Idee. Ihr Engel-Projekt könnte sein, eine Modenschau zu organisieren und Spenden für einen guten Zweck zu sammeln. Aber war das zu schaffen? Und für welchen guten Zweck sollte sie die Einnahmen spenden?

Als sie die Ladentür ihres Geschäfts aufschloss, waren gerade einige Gemeindearbeiter dabei, die letzten Lichterketten an den Laternenpfosten anzubringen. So allmählich war die Stadt festlich geschmückt. Sogar ihr Laden, mit dem

bunten Schaufenster, wirkte ziemlich fröhlich. Wie sehr sich Belinda wünschte, in ihrem Inneren sähe es genauso aus!

Sie ging hinein und schaltete die Lichter ein, drehte die Heizung hoch und räumte weg, was noch herumlag, bevor sie die Musik einschaltete, eine handverlesene Zusammenstellung von leichten Jazz- und Instrumentalstücken. Anschließend begab sie sich in ihr Büro, um sich um die Buchhaltung zu kümmern und im Internet Ausschau nach qualitativ hochwertiger Wiederverkaufsware zu halten. Das tat sie jeden Morgen. Kunden kamen zu dieser Tageszeit selten, und wenn, dann hörte sie die Glocke und ging hinüber in den Laden.

Sie hatte schon einiges abgearbeitet, als sie ihr E-Mail-Postfach öffnete. Die üblichen Spam-Mails verschob sie gleich in den Papierkorb. Doch dann stach ihr die Mail eines Absenders, den sie nicht kannte, ins Auge. Sie schien bereits vor mehreren Tagen gekommen zu sein, aber seit Lauras Tod hatte Belinda ihre geschäftlichen Mails nicht mehr abgerufen.

Liebe Miss Michaels,
mein Name ist Carey Trellis. Ich bin neu in der Stadt und leite seit Kurzem die McKinley-Highschool. Eine meiner Kolleginnen hat erwähnt, dass Sie einen Secondhandladen betreiben, der bei jungen Leuten sehr beliebt ist. Leider muss ich gestehen, dass viele unserer Schülerinnen finanziell und in modischer Hinsicht, sagen wir, mit großen

Herausforderungen zu kämpfen haben – was mich persönlich sehr traurig macht.

Bitte erlauben Sie mir daher die Frage, ob Sie bereit wären, unsere Schülerinnen bei einem Modeprojekt zu unterstützen? Um ehrlich zu sein, habe ich noch keine Idee, wie sich das Ganze gestalten könnte, doch es bestürzt mich zu sehen, wie leicht bekleidet und aufreizend einige der Mädchen tagtäglich zur Schule kommen. Natürlich haben wir eine Kleiderordnung, aber offensichtlich hat meine Vorgängerin nicht wirklich auf deren Einhaltung bestanden, und da ich mich bei den Schülerinnen nicht direkt unbeliebt machen will, halte ich mich lieber zurück und versuche es auf diesem Weg – auch wenn mir bewusst ist, dass wir höchstwahrscheinlich ein Wunder brauchen! Ich will es wenigstens versuchen. Jede Hilfe ist willkommen.

Vielen Dank
Carey Trellis

Belinda las die E-Mail noch einmal durch, und dank ihres seltsamen Traums kam ihr sofort die Idee, eine Modenschau in der McKinley-High zu veranstalten. Auch wenn ihr der Gedanke zuerst ein wenig verrückt erschien … Vielleicht konnte sie dadurch Spenden sammeln. Oder den Mädchen wenigstens etwas Nachhilfe in Sachen Mode geben. Sie

wusste es nicht so genau. Aber sie war bereit, sich darauf einzulassen.

Während sie den Erinnerungen nachhing, wie gern Emma und ihre Freundinnen früher in ihrem Laden gestöbert hatten, fragte sie sich, ob sie vielleicht nicht noch mehr für diese Mädchen tun konnte. Aber was genau sollte das sein? Nun, auf jeden Fall würde sie erst mal mit dieser frustrierten Schulleiterin reden. Und eines musste sie der Frau lassen – die meisten Schulleiterinnen würden sich nicht solche Mühe machen. Zumindest nicht die alte Mrs Crandall (die damals, als Belindas Tochter noch die McKinley besucht hatte, nur „Frau Schrullig" genannt worden war). Belinda hatte es immer sehr am Herzen gelegen, die Schulprojekte ihrer Tochter zu unterstützen. Dass Emma die Schule jetzt nicht mehr besuchte, war kein Grund, damit aufzuhören.

Belinda antwortete Carey Trellis, dass sie ihr sehr gern helfen würde. Sie erwähnte sogar ihre Idee von einer Modenschau und dass sie gern für ein bestimmtes Projekt Spenden sammeln würde. Als sie die Mail abschickte, spürte sie Begeisterung in sich aufsteigen. Das konnte tatsächlich ein großer Spaß werden! Nun, falls es nicht entsetzlich in die Hose ging. Und das lag durchaus im Bereich des Möglichen. Von ihrer eigenen Tochter und denen ihrer Freundinnen wusste Belinda, wie wankelmütig Teenager in Bezug auf Mode sein konnten. Sie würde ein Minenfeld betreten. War sie wirklich bereit, sich dieser Herausforderung zu stellen?

Kapitel 6

Voller Hoffnung war Cassidy am Freitagmorgen in die Tierklinik gefahren, doch am Ende ihres vierstündigen Arbeitstages war ihre Stimmung beträchtlich gesunken. Dr. Auberon schien entschlossen, hinsichtlich ihrer Idee, bedürftigen Menschen die kostenlose Behandlung ihrer Haustiere anzubieten, den Miesepeter zu spielen.

„Wenn ich anfange, einigen Tierhaltern eine kostenlose Behandlung anzubieten, was sagen dann die anderen?"

„Aber *ich* wäre doch diejenige, die die Tiere kostenlos behandelt", hatte sie ihn erinnert.

„Was Sie in Ihrer Freizeit tun, ist Ihre Sache, aber Sie dürfen dabei auf keinen Fall den Namen der Tierklink verwenden."

„Dann werden Sie wohl auch keine Medikamente spenden?", hatte sie vorsichtig nachgehakt.

Sein verärgerter Blick war Antwort genug gewesen. Darum hatte sie es auch unterlassen, ihn um einen Rabatt für die Behandlung von Mrs Morgans Katze zu bitten. Sie kannte die Antwort ohnehin schon.

Stattdessen ging sie zum Empfang und teilte ihrer Kollegin Marsha mit, sie werde die Rechnung begleichen.

„Das ist wirklich sehr nett von dir." Marsha lächelte, als sie Cassidys Kreditkarte durchzog.

„Es wäre mir lieb, wenn du das für dich behältst", bat Cassidy leise, „vor allem Dr. Auberon gegenüber."

Marsha nickte wissend. „Mache ich."

Cassidy brachte die Box mit der Katze nach draußen. Um das Tier vor dem eiskalten Wind zu schützen, legte sie ihren Mantel über die Kiste und eilte, vor Kälte zitternd, zu ihrem Auto. Sie redete beruhigend auf Muffin ein, während sie die Box auf dem Rücksitz befestigte. Ihren Mantel ließ sie darüber liegen. Während sie bibbernd durch die Stadt fuhr, redete sie ununterbrochen mit Muffin und versicherte dem Tier, dass es bald wieder bei seinem Frauchen sein würde.

Nach fünfzehn Minuten hatte sie Mrs Morgans Wohnung erreicht. Das einstöckige Gebäude schien einfach gebaut zu sein, wirkte aber dennoch freundlich und gepflegt. Gartenmöbel aus Plastik, Töpfe mit künstlichen Blumen und anderer Gartenzierrat schmückten die einzelnen Wohneinheiten. Cassidy hatte den Eindruck, dass die Mieter sich hier wohlfühlten. Ganz anders als in ihrer Wohnanlage, wo alle Einheiten fast genau gleich aussahen – schlicht und ordentlich, wie es der Mietvertrag vorschrieb.

Den Mantel noch immer über die Transportbox gelegt, eilte sie zu Apartment siebzehn und klopfte an die Tür. Wäh-

rend sie wartete, betrachtete sie eine Gruppe von Gartenzwergen, die um eine etwas wacklig wirkende Bank arrangiert waren.

„Da sind Sie ja", rief Mrs Morgan und riss die Tür auf. „Ich habe schon auf Sie gewartet. Kommen Sie doch bitte herein." Sie bat Cassidy in das kleine, mit Möbeln vollgestopfte Wohnzimmer und deutete auf den Couchtisch. „Stellen Sie die Box doch bitte dort ab. Und Sie haben Muffin mit Ihrem Mantel zugedeckt." Sie lächelte Cassidy an. „Wie nett von Ihnen."

Cassidy nahm den Mantel und öffnete die Transportkiste. „Muffin darf sich nicht überanstrengen", sagte sie leise und nahm die verschriebenen Antibiotika aus ihrer Tasche. „Und Sie müssen ihm diese Tabletten unter sein Fressen mischen, dreimal pro Tag, bis sie alle sind."

„Dreimal am Tag eine Tablette", wiederholte Mrs Morgan.

„Bis alle Tabletten weg sind", betonte Cassidy noch einmal. „Sonst könnte Muffin wieder krank werden. Noch kränker als zuvor."

„Ich verstehe." Mrs Morgan griff nach ihrer Geldbörse. „Was bin ich Ihnen schuldig?"

Cassidy lächelte sie verlegen an. „Das ist … bereits geregelt."

„Bereits geregelt?" Mrs Morgan blickte sie verblüfft an. „Was soll das heißen?"

„Manchmal helfen uns … Leute in der Tierklink aus. Muf-

fin ist so eine liebe Katze … es gab jemanden, der ihm unbedingt helfen wollte."

„Gott segne diesen lieben Menschen." Mrs Morgan strahlte Cassidy an und zog den Reißverschluss ihrer Geldbörse wieder zu. „Und da Sie sich extra auf den Weg gemacht haben, um mir Muffin zurückzubringen, habe ich Suppe für Sie gekocht."

„Suppe?"

„Haben Sie etwa schon zu Mittag gegessen?"

„Nein, noch nicht. Ich bin gerade von der Arbeit gekommen und –"

„Dann bitte hier entlang, meine Liebe. Es gibt Kartoffelsuppe mit Würstchen, nach dem Rezept meiner Mutter. Mit frischer Sahne." Mrs Morgan führte Cassidy in die winzige Küche, wo ein kleiner Küchentisch aus Chrom und Plastik, wie sie in den 1950er-Jahren modern gewesen waren, für zwei Personen gedeckt war. „Sie setzen sich hin, und ich bringe Ihnen die Suppe."

„Das riecht aber gut." Cassidy setzte sich an den Tisch und schaute sich in der Küche um. Jedes einzelne Teil schien ein Sammlerstück zu sein. „Ihre Küche gefällt mir ausnehmend gut", sagte sie zu Mrs Morgan. „Ich meine, all diese hübschen Dinge – das Geschirr und die Dosen, die Pfannen und alles. Das ist wirklich sehr schön."

„Das findet mein Enkel auch", sagte Mrs Morgan, als sie den dampfenden Suppenteller vor Cassidy stellte. „Er sagt immer: ‚Du darfst diese Sachen auf keinen Fall wegwerfen,

Oma.‘ Seiner Meinung nach sind sie wertvoll.“ Lachend setzte sie sich mit ihrem Suppenteller zu Cassidy an den Tisch. „Im Ernst? Dieses alte Zeug?“

„Er hat recht“, erwiderte Cassidy. „Mir gefällt dieser Stil unglaublich gut.“

„Die Sachen habe ich schon seit meiner Hochzeit. Da war ich ungefähr in Ihrem Alter.“ Neugierig blickte sie Cassidy an. „Wie alt sind Sie eigentlich?“

Cassidy verriet ihr Alter, und Mrs Morgan blickte sie verblüfft an. „Das hätte ich nicht gedacht. Sie sehen viel jünger aus.“

Cassidy bedankte sich für das Kompliment. Mrs Morgan neigte den Kopf, sprach ein kurzes Tischgebet, in dem sie auch Muffins Wohltäter bedachte, und gemeinsam begannen sie zu essen.

„Die Suppe schmeckt köstlich“, lobte Cassidy nach dem ersten Löffel.

„Ich freue mich, dass sie Ihnen schmeckt.“ Mrs Morgan reichte ihr den Brotkorb. „Diese Brötchen habe nicht ich gebacken, sondern meine Nachbarin. Sie sind ganz frisch. Wir Nachbarn tauschen immer Essen aus. Wir sind so was wie eine Art glückliche Großfamilie. Na ja, die meisten zumindest. Hier leben auch ein paar schrullige Nörgler. Aber wir versuchen, ihnen aus dem Weg zu gehen.“

„Gibt es in diesem Viertel eigentlich viele Haustiere?“, fragte Cassidy.

„O ja. Helen Downs hat drei Katzen. Gordon Moore einen kleinen Boxer-Mischling namens Buster. Gladys Fortner hat einen Papagei.“ Sie zählte auch noch die anderen Tierhalter aus dem Haus auf, und die Tiere nannte sie häufig beim Namen.

„Gehen Ihre Freunde mit ihren Tieren regelmäßig zum Tierarzt?“

Mrs Morgan runzelte die Stirn. „Wir alle, die wir hier wohnen, können finanziell keine großen Sprünge machen. Viele von uns leben von Sozialhilfe. Die Kosten für ein Haustier sind auch so schon hoch genug. Tierarztrechnungen … nun, das übersteigt unsere finanziellen Möglichkeiten.“

Cassidy erklärte ihren Plan, und Mrs Morgans Augen leuchteten auf. „Eine tolle Idee! Die Tierklinik von Dr. Auberon kann man nur weiterempfehlen. So nette Leute!“

Cassidy wusste nicht so genau, was sie darauf antworten sollte. Doch Dr. Auberon hatte keinen Zweifel daran gelassen, dass sie ihre ehrenamtliche Arbeit von ihrer Arbeit in der Tierklinik zu trennen hatte. Sie musste das richtigstellen. „Eigentlich hat das nichts mit der Tierklinik zu tun. Es wäre eine mobile Tierarztpraxis, die sich über private Spenden finanziert.“ Okay, das war keine Lüge. Cassidy würde die Arbeit aus eigener Tasche finanzieren, und ganz bestimmt wäre sie mobil, denn sie würde mit ihrem Auto herumfahren.

„Ich finde das großartig! Ich kann es kaum erwarten, mei-

nen Nachbarn davon zu erzählen. Ich weiß, dass Gordon sich in letzter Zeit Sorgen um Buster macht. Er scheint ein Problem mit dem Fell zu haben."

„Vielleicht könnte ich ihn mir nach dem Essen mal ansehen", bot Cassidy an.

Während sie ihre Suppe löffelten, unterhielten sie sich, und als sie ihre Mahlzeit beendet hatten, hatte Cassidy das Gefühl, eine neue Freundin gefunden zu haben. „Vielen Dank für die Suppe, Mrs Morgan", bedankte sich Cassidy, als sie sich verabschiedete.

„Sagen Sie doch bitte Dorothy", bot sie ihr an, als sie Cassidy zur Tür begleitete. Draußen deutete sie nach rechts. „Gordons Wohnung ist gleich dort drüben – die Nummer zweiundzwanzig. Klopfen Sie einfach an die Tür und sagen Sie ihm, dass ich Sie wegen Buster zu ihm geschickt habe."

„Danke." Cassidy zog den Reißverschluss ihres Parkas hoch.

„Ich danke *Ihnen!*", erwiderte Dorothy glücklich. „Und bitte kommen Sie doch jederzeit vorbei, wenn Sie mögen. Wir können gern noch mal zusammen zu Mittag essen."

Cassidy lächelte. „Vielleicht nehme ich Sie beim Wort."

„Das hoffe ich doch", erwiderte Dorothy voller Eifer. „Enttäuschen Sie mich nicht."

Cassidy winkte ihr noch zu, bevor sie zu Apartment zweiundzwanzig ging, vor dessen Tür einige Windrädchen in einem Blumentopf mit einer verwelkten Pflanze steckten. Sie

klopfte an die Tür. Ein kleiner kahlköpfiger Mann öffnete, und sie erklärte sofort den Grund ihres Kommens.

„Dorothy hat Sie geschickt, damit Sie mal nach Buster sehen?“ Misstrauisch kratzte er sich am Kinn.

„Ich bin Tierärztin und arbeite ehrenamtlich. Und ich mache auch Hausbesuche“, erklärte sie weiter. „Dorothy meinte, Buster hätte Probleme mit dem Fell. Soll ich ihn mir einmal ansehen?“

Der Mann wirkte immer noch unsicher, weshalb Cassidy vorschlug, er solle Dorothy anrufen. Doch er erwiderte, er besitze kein Telefon, denn das könne er sich nicht leisten. Daraufhin erzählte sie ihm, Muffin sei krank gewesen und Dorothy habe ihn in die Tierklinik gebracht. Heute nun habe sie Muffin wieder nach Hause gebracht.

„Aber warum sagen Sie das denn nicht gleich?“ Grinsend öffnete er seine Tür etwas weiter und ließ sie eintreten. „Dorothy hat mir von der freundlichen jungen Frau erzählt, die Muffin nach Hause bringen wollte. Das müssen Sie sein.“

Seine Wohnung war, im Gegensatz zu Dorothys, recht spärlich möbliert, und es roch nach Hund. Aber da sie an Tiergerüche gewöhnt war, störte das Cassidy nicht weiter. Sie zog ihren Parka aus und hängte ihn an den Haken neben der Tür. Gleich darauf untersuchte sie Buster. „Das sieht nach einem Ekzem aus“, erklärte sie. „Vielleicht verstärkt durch eine Nahrungsmittelallergie. Darf ich mal sehen, welches Futter er bekommt?“

Gordon zeigte ihr eine Tüte mit billiger Hundenahrung, und nachdem sie die Liste mit den Inhaltsstoffen überflogen hatte, vermutete Cassidy, dass der alte Hund vermutlich den Mais nicht vertrug. Das erklärte sie Gordon und schlug vor, er solle stattdessen lieber eine Mischung aus Reis und Lamm probieren. Gordons Gesichtsausdruck ließ darauf schließen, dass das ein Problem darstellen könnte.

„Ich komme morgen noch mal her", versprach sie ihm. „Dann bringe ich Ihnen etwas von dem Hundefutter mit, das ich Ihnen empfohlen habe, und auch eine Salbe für Buster."

Gordons Gesicht leuchtete auf. „Es würde sicher helfen, das Futter mal auszuprobieren. Dann kann ich sehen, ob es tatsächlich daran liegt. Buster bekommt dieses Futter schon seit Jahren. Warum sollte er es auf einmal nicht mehr vertragen?"

Sie erklärte ihm, dass Allergien manchmal auftreten, wenn die Abwehrkräfte gegen Allergene mit dem Alter nachlassen. Gordon nickte zustimmend. „Ich glaube, das habe ich schon mal gehört. Beim Menschen ist das jedenfalls so. Aber ich wusste nicht, dass es auch Hunde treffen kann."

„Dann komme ich also morgen Nachmittag noch mal vorbei", versprach sie ihm. „Und Sie können Ihren Nachbarn erzählen, dass ich mir bei Bedarf ihre Tiere gern mal anschaue."

„Es gibt hier noch einen Hund, der krank ist", warf Gordon schnell ein. „Hank Johnsons Schäferhund frisst nicht

mehr. Hank scheint sich wirklich große Sorgen um Bobby zu machen. Denken Sie, Sie könnten gleich mal bei ihm reinschauen?“ Er nannte ihr die Apartmentnummer, und sie eilte los, um sich Bobby mal anzusehen.

Eins führte zum anderen, und als Cassidy das Apartmentgebäude verließ, hatte sie fünf Tiere untersucht. Sie notierte sich, was die Patienten brauchten, und versprach den Besitzern, am nächsten Tag mit den Medikamenten wiederzukommen.

Auf dem Heimweg grübelte sie, wie sie die benötigten Arzneien bezahlen sollte, doch dann sagte sie sich, dass Engel sich wegen solcher Dinge vermutlich keine Sorgen machten. Auf jeden Fall war sie entschlossen, den Tieren zu helfen, damit ihre Besitzer wieder ruhig schlafen konnten. Und dann … nun, das würde sich schon zeigen.

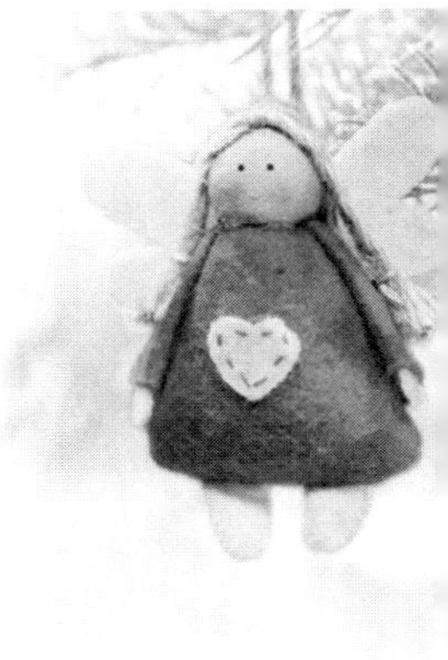

Kapitel 7

Am Samstagmorgen traf sich Louisa mit Fran Jacobs, die für das Kursangebot im Pine-Grove-Freizeitzentrum zuständig war. Sehr schnell wurde klar, dass dort dringend Hilfe gebraucht wurde.

„Unser Budget ist im vergangenen Jahr so zusammengestrichen geworden, dass wir die Kunsttherapie gar nicht erst anbieten konnten“, erklärte Fran verärgert. „Eine Fachkraft einzustellen, können wir uns nicht leisten, von Farben, Pinseln und Leinwänden ganz zu schweigen. Das alles müsste ja angeschafft werden. Es ist schon eine Herausforderung, die Arbeit im Freizeitzentrum überhaupt fortzuführen, und ich musste auch schon mehrere Angestellte entlassen. Vor allem unsere Angebote für Kinder sind ausgedünnt worden. Und im nächsten Jahr sieht es finanziell noch schlechter aus.“

„Ich würde gern ehrenamtlich mithelfen“, erklärte Louisa. „Und ich kann Malutensilien zur Verfügung stellen. Zumindest für den Anfang.“

„Wirklich?", fragte Fran erleichtert. „Das würden Sie tun?"

„Ich brauche nur einen Raum. Zur Not ginge es auch bei mir zu Hause."

„Einen Raum haben wir", versicherte Fran ihr schnell. „Das ist kein Problem. Und im Werkraum könnten auch noch einige Malutensilien zu finden sein."

„Besteht denn Interesse an einem solchen Kurs?", fragte Louisa vorsichtig. „Gibt es schon Anmeldungen?"

„Im vergangenen Winter hatten wir eine Reihe von Interessenten. Ich habe mir die Telefonnummern notiert, in der Hoffnung, dass der Kurs doch noch irgendwie zustande kommt."

„Nun, ich habe keine praktische Erfahrung in Kunsttherapie, aber während meines Studiums habe ich einige Seminare dazu belegt. Das ist natürlich schon lange her. Aber diese Therapieform hat mich schon immer interessiert." Sie lächelte traurig. „Vermutlich hätte ich das selbst im vergangenen Jahr gut gebrauchen können."

Es dauerte nicht lange, bis Louisa eine ganze Liste von Telefonnummern zusammenhatte. Fran führte sie durch das Gebäude und zeigte ihr auch den Kunst- und Werkraum, den sie für Donnerstagvormittag reservierte.

„Ich frage mich, ob wir nicht schon nächste Woche starten sollen", überlegte Louisa, als sie zu Frans Büro zurückgingen. „Viele Menschen haben Angst vor den Fei-

ertagen … vielleicht würde ihnen ein Malkurs vor Weihnachten guttun.“

„Sie können anfangen, wann immer Sie mögen“, erwiderte Fran. „Aber ich werde den Kurs erst nach Neujahr auf unsere Webseite stellen können.“

„In Ordnung. Ich werde mal herumtelefonieren und sehen, wie groß das Interesse ist“, erklärte Louisa, als sie sich zum Gehen wandte. „Vielleicht haben die Interessenten ihre schwierige Situation ja mittlerweile überwunden und brauchen den Kurs nicht mehr.“

Als Louisa nach Hause kam, die Liste abtelefonierte und die Interessierten darüber informierte, dass der Kurs schon am Donnerstagmorgen beginnen würde, stellte sie zu ihrer Verblüffung fest, dass gleich mehrere von ihnen zusagten. Sie erklärte ihnen, dass sie Künstlerin sei, aber noch keine Erfahrung mit Kunsttherapie habe. Das sei auch für sie Neuland. „Aber ich hoffe, dass wir alle zusammen lernen und heil werden können“, versicherte sie ihnen.

Am Ende hatten sich sieben Personen fest für ihren Kurs angemeldet. Sieben! Das war unglaublich. Hoffnung keimte in ihr auf, als sie die Farbtuben, Pinsel, Skizzenblöcke und Leinwände zusammenpackte. Vielleicht konnte sie sich in diesem Leben doch noch nützlich machen. Wenn sie es nicht vermasselte. Was durchaus passieren konnte. Was wusste sie denn schon über Kunsttherapie? Im vergangenen Jahr hatte sie ihr Atelier nicht betreten, sondern sich voll und ganz

ihrer Trauer hingegeben. Wie kam sie auf den Gedanken, sie könnte jetzt anderen Menschen helfen? War das nicht so, als würde der Blinde den Lahmen führen?

***

Als Grace am Montagmorgen in ihrem Studio saß und auf einige Blaupausen starrte, die nicht wirklich Sinn machten, hatte sie das Gefühl festzustecken. Nicht bei dem Entwurf, an dem sie arbeitete, obwohl ihr momentan wirklich die Inspiration fehlte. Und auch nicht in Bezug auf ihre Ehe und ihre Kinder, obwohl sie keine Ahnung hatte, wie sie mit dieser Situation umgehen sollte. Sie hatte das Gefühl, in Bezug auf ihr Versprechen gegenüber ihren Buchclub-Freundinnen festzustecken. Ihr Versprechen, ein Engel für andere Menschen zu werden – obwohl sie es doch eigentlich besser wusste …

Was hatte sie sich nur dabei gedacht? Sie griff zum Telefon, um Louisa anzurufen und ihr zu sagen, dass sie nicht mehr mitmachen wollte bei dieser unsinnigen Aktion. Sie würde sagen, vor den Feiertagen habe sie einfach viel zu viel zu tun. Ihre Freundinnen würden das sicher verstehen. Gerade wollte sie Louisas Nummer wählen, als ihr Blick auf den Engel fiel, den sie heute mit zur Arbeit gebracht hatte, in der Hoffnung, er würde sie inspirieren.

Da lag er mit dem Gesicht nach unten auf einem Stapel

alter Werbeprospekte und ungeöffneter Briefe. Nicht sonderlich inspirierend. Sie nahm den Engel zur Hand, betrachtete sein niedliches Gesicht und wünschte, sie könnte Lauras Stimme hören, die ihr sagte, was sie tun sollte. Vermutlich würde ihre Freundin etwas sagen wie: „Nur Gott weiß, was zu tun ist, Grace. Er möchte dir den richtigen Weg zeigen, aber du musst dir auch die Zeit nehmen, auf ihn zu hören."

Grace schloss für ein paar Sekunden die Augen und versuchte sich einzureden, dass sie sich sehr wohl Zeit nahm, um auf Gottes Stimme zu hören, aber tief in ihrem Inneren wusste sie, dass es nicht so war. Sie war noch nie ein Mensch gewesen, der einen Gang zurückschaltete und nachdachte oder meditierte oder tat, was andere Menschen taten, um Gottes Stimme hören zu können. Sprach Gott wirklich mit ihnen oder bildeten sie sich das nur ein? Sie wusste es nicht. Und sie war auch gar nicht sicher, ob sie das überhaupt herausfinden wollte. Denn wenn Gott zu ihr redete, würde er ihr vermutlich sagen, wie enttäuscht er von ihr war – so wie es ihre Eltern immer getan hatten. Damals hatte sie es niemandem recht machen können. Warum sollte es heute anders sein?

Sie öffnete die Augen wieder und wollte den Engel gerade auf den Stapel ungeöffneter Post zurücklegen, als ihr ein Umschlag ins Auge stach, der aus dem Stapel herausragte. Das war kein Werbebrief, sondern ein Schreiben von der Hilfsorganisation *Habitat for Humanity* – vermutlich die

Bitte um eine Spende zum Jahresende, da Grace ihnen bereits mitgeteilt hatte, dass sie handwerklich nicht sonderlich begabt war.

Sie konnte es sich nicht erklären, doch aus irgendeinem Grund interessierte sie der Inhalt dieses elfenbeinfarbenen Umschlags. Sie riss ihn auf und war erstaunt, dass sich kein Spendenaufruf darin befand. Es war vielmehr die Einladung zur Teilnahme an einem besonderen Weihnachtsprojekt. Die Innenarchitekten der Stadt wurden darum gebeten, bei der Ausgestaltung der drei neuesten *Habitat*-Wohnprojekte zu helfen, die für einen Tag der offenen Tür am Sonntag vor Weihnachten hergerichtet werden sollten.

Vielleicht war dies das passende Engel-Projekt für sie! Grace warf einen Blick auf das Datum und stellte enttäuscht fest, dass der Brief schon mehrere Wochen alt war. Ob es für eine Teilnahme an dem Projekt bereits zu spät war?

Ohne noch mehr Zeit zu vergeuden, beschloss sie, die am Ende des Briefes angegebene Nummer anzurufen. Bei einer Hausausstellung vertreten zu sein, wenn auch nur für *Habitat,* wäre eine gute Werbung für sie.

Die Dame, die ihren Anruf entgegennahm, teilte ihr mit, dass tatsächlich noch eine Innenarchitektin gebraucht wurde. „Und zwar für die Wohnzimmer aller drei Häuser“, erklärte Julia Abernathy. „Wir dachten, das Team von Wallace-und-Stein-Inneneinrichtungen würde sich darum kümmern, aber in der vergangenen Woche musste die Firma ihre

Zusage zurücknehmen, und bisher habe ich noch keinen Ersatz gefunden."

„Oh, ich würde das wirklich gern machen", sagte Grace voller Begeisterung. Dass sie selbst noch keine Weihnachtsdekoration aufgehängt hatte, war egal – sie wollte dieses Projekt unbedingt übernehmen!

„Dann würden wir uns freuen, wenn Sie sich darum kümmern. Der Tag der offenen Tür ist am Sonntag vor Weihnachten – das sind noch knapp zwei Wochen. Werden Sie das schaffen? Sie wissen ja, es geht um *drei* Wohnzimmer."

„Ich nehme an, die Räume sind nicht besonders groß."

„Nein, ganz und gar nicht. Die kompletten Häuser sind nur zwischen hundert und hundertzehn Quadratmeter groß."

„Das bekomme ich hin." Grace hatte bereits einige Ideen. Sie würde künstliche Weihnachtsbäume aufstellen, Girlanden aufhängen und hier und da etwas Weihnachtsschmuck anbringen – und natürlich ihre Werbeflyer verteilen, sodass jeder, der durch das Haus ging, nicht daran vorbeikam. Ein Kinderspiel für sie!

„Das ist toll! Eine große Erleichterung. Nachdem Wallace-und-Stein von dem Auftrag zurückgetreten ist, hatte ich schon Sorge, die Wohnzimmer würden im Vergleich zum Rest der Häuser kahl und öde aussehen. Die anderen Innenarchitekten sind bereits fleißig bei der Arbeit."

„Ich werde sofort loslegen", versprach Grace. Sie fragte

sich, warum eine große Firma wie Wallace-und-Stein es nicht schaffte, drei Wohnzimmer weihnachtlich zu schmücken. Doch deren Verzicht war ihr Gewinn und ihre Chance zu glänzen. An Weihnachtsdeko mangelte es nicht, davon gab es bei ihr zu Hause und im Lagerraum genug. Keine große Sache. „Ich nehme an, die Dekoration wird nur verliehen?“

„Nun, das bleibt Ihnen überlassen. Sicher wäre der Weihnachtsschmuck eine nette Beigabe für die Familien. Aber natürlich verstehe ich, wenn Sie die Räume für den Tag der offenen Tür besonders schön herrichten wollen. Das Mobiliar muss aber auf jeden Fall gespendet werden. Das ist ja das Besondere an dieser Aktion. Stellen Sie sich nur vor, wie schön es für die Familien sein wird, wenn sie noch vor Weihnachten ein komplett eingerichtetes Haus bekommen! Es ist unser erstes Projekt in dieser Größenordnung. Und ich kann Ihnen gar nicht sagen, wie aufregend das alles ist.“

„Voll eingerichtet?“ Ein ungutes Gefühl stieg in Grace hoch.

„Ja. Haben Sie das Anschreiben denn nicht gelesen? Die Einrichtung ist ein Weihnachtsgeschenk für die Familien.“

Graces Mund wurde trocken. „Oh.“

„Wussten Sie das nicht?“

„Doch, sicher. Natürlich“, erwiderte Grace schnell. „Ich hatte mich so sehr auf die Weihnachtsdekoration konzentriert … über die Einrichtung und die Ausstattung habe ich noch gar nicht nachgedacht.“

„Nun, wie ich schon sagte, die Räume sind nicht besonders groß. Und die Innenarchitekten bemühen sich um Spenden von den Einrichtungshäusern in der Stadt, wobei allerdings die wenigsten dazu bereit sind. Und natürlich können Sie sich kostenlos in unserem *Habitat*-Möbellager bedienen. Es ist immer wieder schön, wenn ein altes Schätzchen noch einmal Verwendung findet."

„Richtig ..." An diesem Punkt hätte Grace am liebsten einen Rückzieher gemacht und gestanden, dass es ein dummer Fehler gewesen war, aber das ließ ihr Stolz nicht zu.

„Dann sind Sie also einverstanden?", fragte Julia hoffnungsvoll. „Es würde bedeuten, dass Sie die Wohnzimmer aller drei Häuser einrichten und zum Tag der offenen Tür fertig haben. Wir kümmern uns um das Essen, die Getränke und das Rahmenprogramm – inklusive Weihnachtsmann für die Kinder."

„Ja", erwiderte Grace wie ferngesteuert. „Ich bin einverstanden." Doch als sie das Gespräch beendet hatte, stieg Übelkeit in ihr hoch. Hatte sie sich gerade wirklich dazu bereit erklärt, drei Wohnzimmer einzurichten und weihnachtlich zu schmücken? Und das alles aus eigener Tasche zu zahlen? Was war nur in sie gefahren? Und was würde Joel dazu sagen?

***

Am Dienstag hatten Belinda und die Direktorin der McKinley-High mehrere E-Mails ausgetauscht und einen ziemlich guten Plan entwickelt. Belinda war beeindruckt, wie sehr sich Mrs Trellis für ihre Schülerinnen einsetzte. Ihr Wohlergehen lag ihr wirklich am Herzen. Es war ihre Idee gewesen, für die Modenschau Mädchen aus der Schule als Models zu nehmen. Das Geld, das sie zu sammeln hofften, sollte in den Stipendienfonds der Highschool fließen. Diesem Fonds war es zu verdanken, dass Emma nach ihrem Schulabschluss ein teures College besuchen konnte.

Die Direktorin lud Belinda ein, am Dienstagnachmittag nach Schulschluss vorbeizukommen, um die Details zu besprechen und die Mädchen kennenzulernen, die sie als Models ausgewählt hatte. Sie hatte Belinda vorgewarnt, die Mädchen seien keine klassischen Modeltypen, sondern ganz unterschiedliche Persönlichkeiten. Und Belinda hatte gesagt, das sei kein Problem – in ihrem Laden gebe es für jeden Typ und jede Größe die passende Kleidung.

Wie vereinbart traf Belinda gegen 15:30 Uhr im Konferenzraum der Schulverwaltung ein. Schon von Weitem hörte sie das aufgeregte Geschnatter der Mädchen. Sie hoffte nur, dass sich die Schülerinnen ihrer Aufgabe mit Begeisterung stellen würden. Aber bei Teenagern wusste man ja nie. Auf keinen Fall wollte sie sie dazu überreden müssen. Wenn sie sich heute eher missmutig und widerwillig zeigten, würde sie das Projekt an den Nagel hängen und sich etwas anderes überlegen.

In dem Konferenzraum saßen etwa ein Dutzend Mädchen im Teenageralter, aber die Direktorin war nicht dabei. Wo blieb Mrs Trellis nur?

„Hallo, meine Damen“, ertönte eine tiefe Stimme. Die Mädchen verstummten und wandten den Kopf zur Tür, als ein attraktiver Mann mittleren Alters den Raum betrat. Belinda fragte sich, ob er wohl zum Lehrkörper gehörte. Auf jeden Fall war er noch nicht hier gewesen, als Emma die Schule besuchte. An ihn hätte sich Belinda garantiert erinnert. Hatte er sich im Raum geirrt?

Anstatt sich zu entschuldigen und den Raum eilig wieder zu verlassen, ging er zielstrebig auf den großen Konferenztisch zu. In seinem dunkelgrauen Anzug und mit der burgunderfarbenen Krawatte sah er ausgesprochen gut aus. Er lächelte freundlich in die Runde. „Ich freue mich sehr, dass ihr da seid.“ Sein Blick wanderte zu Belinda, und er strahlte sie an. „Und Sie müssen Belinda Michaels sein.“ Er trat zu ihr und reichte ihr die Hand. „Ich bin Carey Trellis, der neue Direktor der McKinley-High.“

„Sie sind ein *Mann?*“

Die Mädchen begannen zu kichern und machten ein paar spöttische Bemerkungen.

Er grinste sie an. „Hey, prima, dass Sie das bemerkt haben.“

„Aber Ihr Name“, stammelte sie. „Ich bin davon ausgegangen, dass Sie eine Frau sind.“

Er lachte. „Das tut mir leid. Bitte sagen Sie mir jetzt nicht,

dass Sie einen Rückzieher machen, nur weil ich ein Mann bin. Zufälligerweise habe ich einiges für Mode übrig." Sein Blick wanderte über die Schülerinnen hinweg. „Stimmt's, Mädels?"

Bei diesen Worten mussten die Mädchen erneut kichern. Es war nicht zu übersehen, dass die Schülerinnen genauso entzückt von ihm waren wie Belinda. Einige gaben einen Kommentar ab, und ein Mädchen erzählte, Mr Trellis würde so großen Wert auf gute Kleidung legen, dass sie inzwischen davon ausgingen, er wäre von der Modepolizei eingeschmuggelt worden. Belinda konnte sein Verhalten allerdings gut nachvollziehen, wenn sie sich die Kleidung der Mädchen anschaute. In einer solchen Aufmachung hätte sie Emma niemals aus dem Haus gelassen.

„Verstehen Sie jetzt, was ich meine?", fragte der Direktor scherzend an Belinda gewandt. „Das ist eine schwierige Bande." Daraufhin stellte er Belinda vor und erklärte, dass sie gemeinsam eine Modenschau veranstalten wollten, deren Erlös in den Stipendienfonds der Highschool fließen sollte. „Wer weiß, vielleicht bekommt ja eine von euch eines Tages ein Stipendium." Da er noch einiges zu tun hatte, verabschiedete er sich gleich wieder und ließ Belinda mit den Mädchen allein. Dieser war noch immer peinlich, dass sie hinter dem Namen „Carey" eine Frau vermutet hatte. Nervös begann sie damit, ihre Pläne für die Modenschau zu erläutern. Doch sie merkte, dass die Mädchen wenig bis gar keine Begeisterung zeigten. Je länger sie redete, desto weniger hörten die Mäd-

chen ihr zu. Vermutlich hätten sie es gern gesehen, wenn Mr Trellis bei dieser Besprechung zugegen gewesen wäre – wogegen auch Belinda nichts einzuwenden gehabt hätte.

Belinda hielt einen Augenblick inne. Ihr Blick wanderte über die gelangweilten Gesichter der Mädchen, die wie Mehlsäcke auf ihren Stühlen hingen. Es war nicht zu übersehen, dass sie das ganze Projekt nicht interessierte und sie eigentlich nicht hier sein wollten. Und vermutlich hatten sie auch kein Interesse daran, die Kleider aus Belindas Laden bei einer Modenschau vorzuführen – obwohl jede Einzelne von ihnen wirklich ein neues Outfit gebrauchen konnte!

In diesem Augenblick wurde Belinda bewusst, wie wichtig es war, die Mädchen für ihre Projektidee zu begeistern. Nicht nur dem Direktor zuliebe – obwohl sie ehrlicherweise gestehen musste, dass ihr durchaus daran gelegen war, diesen gut aussehenden Mann zu beeindrucken. Viel wichtiger noch waren diese Mädchen in ihren zerschlissenen, schlecht sitzenden Kleidern. Ihnen wollte Belinda unbedingt helfen. Und zwar ohne, dass sie es überhaupt bemerkten.

„Folgendes ist also der Plan", fuhr sie mit lauter Stimme fort, um sich über die schnatternden Stimmen der Mädchen hinweg Gehör zu verschaffen. „Jede Schülerin, die bei dieser Modenschau mitmacht, darf eines der Outfits behalten."

„Wir dürfen die Sachen *behalten?*", fragte eines der Mädchen mit neu erwachtem Interesse.

„Genau. Ihr werdet mehrere Kombinationen vorführen,

und die, die euch am besten gefällt, dürft ihr als Dank für eure Mitarbeit behalten.“

„Cool“, sagte ein Mädchen mit krausen roten Haaren.

„In Ihrem Secondhandladen gibt es ein paar irre Teile.“ Ein dürres blondes Mädchen mit einem Tattoo am Handgelenk, eine Rose mit Dornen, lächelte sie schüchtern an.

Mit einem Mal wurden die Mädchen lebendig und begannen auch mit ihr zu reden. Die Idee schien einen gewissen Reiz auf sie auszuüben. Belinda reichte eine Liste herum, in die sie ihre Kleidergröße eintragen sollten, und auch einige Maßbänder, damit sie die richtigen Maße notieren konnten. Einige der Mädchen hänselten andere wegen ihrer Maße, aber Belinda machte ihnen klar, dass es keine „perfekte“ Größe gab und dass jede Einzelne von ihnen eine große Bereicherung für die Modenschau war. „Schönheit zeigt sich in allen Formen und Größen“, erklärte sie.

„Ja, Sie haben gut reden“, erwiderte ein Mädchen namens Remmie. „Sie sehen einfach toll aus.“

„Ja“, stimmte ein anderes zu. „Sie haben früher bestimmt als Model gearbeitet.“

„Ganz und gar nicht. Wenn ich ehrlich bin, war ich ein ziemlich dürrer, ungelenker Teenager“, vertraute sie ihnen an. „Die anderen Mädchen haben mich wegen meiner Größe und meiner Zahnspange gehänselt, und in meiner Highschoolzeit habe ich nicht eine einzige Verabredung mit einem Jungen gehabt.“

Dieses Geständnis schien die Mädchen für sie einzunehmen, und als alle ihre Maße in die Liste eingetragen hatten, informierte Belinda die Schülerinnen darüber, dass sie den *Amber Room* für die Modenschau reserviert habe und dass diese am Samstag vor Weihnachten stattfinden solle. Sie hielt mehrere Bündel mit Eintrittskarten in die Höhe, die Savannah am Morgen für sie ausgedruckt hatte. „Das Mädchen, das die meisten Eintrittskarten verkauft, bekommt einen Preis", versprach sie ihnen. „Und zwar einen Einkaufsgutschein über hundert Dollar für meinen Laden."

Das war ein großer Anreiz für die Mädchen. Als alle Eintrittskarten verteilt waren, bat sie die Schülerinnen, ihr alle paar Tage zu berichten, wie viele Eintrittskarten sie schon verkauft hatten. „Der Platz ist begrenzt; ihr solltet also gleich loslegen. Und ich sage euch Bescheid, wenn der Raum voll ist." Sie lächelte sie ermutigend an. Natürlich hoffte sie, dass der *Amber Room* voll werden würde, aber sie glaubte nicht wirklich daran.

Zwar hatte sie den Eindruck, alles besprochen zu haben, doch sie beschloss, den Mädchen noch Zeit für Fragen zu geben. Eine fragte, was sie in Bezug auf Frisur und Make-up tun sollten. Belinda beruhigte sie und versicherte ihnen, dass sich einige ihrer Freundinnen darum kümmern würden. Anschließend wurden noch ein paar Fragen zum Ablauf besprochen, bevor sich ein etwas molligeres Mädchen zu Wort meldete, das bisher auffallend schweigsam gewesen

war. „Warum tun Sie das?“, wollte sie wissen. „Etwa weil Sie Mitleid mit uns haben?“

Belinda lächelte sie an. „Wenn ich ehrlich sein soll, brauchte ich etwas, das mich von meinem Selbstmitleid ablenkt.“ Dann erzählte sie vom Tod ihrer besten Freundin. Viele der Mädchen kannten Laura. Einige von ihnen hatten sie in der Grundschule als Lehrerin gehabt. „Außerdem ist meine Tochter Emma hier zur Schule gegangen. Vor drei Jahren hat sie ihren Abschluss gemacht, und es hat mir so großen Spaß gemacht, sie und ihre Freundinnen für kleines Geld schick einzukleiden. Ich glaube, das hat mir gefehlt.“ Einige der Mädchen erinnerten sich noch an Emma, und als Belinda den Konferenzraum verließ, hatte sie das Gefühl, viele neue Freundinnen gefunden zu haben.

„Und, wie ist es gelaufen?“, fragte der Direktor, als er Belinda über den Schulhof zu ihrem Wagen begleitete.

Sie lächelte ihn an. „Ziemlich gut, finde ich.“

Er wirkte erleichtert. „Das höre ich gern.“

„Ich meine, nachdem ich den Schock überwunden hatte, dass Sie keine Frau sind“, scherzte sie.

Er lachte. „Das tut mir wirklich leid. In den E-Mails hatte ich tatsächlich ab und zu den Eindruck, dass diese Möglichkeit besteht. Sie waren so offen und freundlich, als würden Sie mit einer Freundin plaudern.“

Sie runzelte die Stirn und erinnerte sich daran, dass ihr tatsächlich der Gedanke gekommen war, sie und Carey

könnten Freundinnen werden. „Vielleicht weil ich meine beste Freundin so schmerzlich vermisse.“ Sie erzählte ihm von Lauras Tod.

„Das tut mir leid.“ Seine dunklen Augen blickten sie aufrichtig mitfühlend an. „So etwas ist schwer.“

„Aber die Mädchen waren toll.“ Sie nickte. „Ich glaube, sie sind alle dabei.“

Seine Augen leuchteten auf. „Beeindruckend. Wenn ich ehrlich bin, muss ich sagen, dass ich Zweifel hatte, ob sich die Mädchen darauf einlassen würden. Sie scheinen wirklich zaubern zu können.“

Sie beschloss, ihre kleinen Lockmittel für sich zu behalten. Seine Bewunderung tat ihr gut. „Auf jeden Fall vielen Dank, dass Sie den Anstoß zu diesem Projekt gegeben haben“, sagte sie. „Ich denke, das wird ein großer Spaß.“ Sie zwang sich, ihren Blick von seinem Gesicht zu lösen, weil sie in Gefahr stand, ihn anzustarren. Doch als sie ihren Blick senkte, fiel ihr auf, dass er keinen Ehering trug. Nicht dass das etwas zu bedeuten hatte. Viele Männer trugen ihre Eheringe nicht.

„Soweit ich weiß, sind Sie Single“, bemerkte er, als sie vor dem Parkplatz stehen blieben.

Sie schaute zu ihm hoch, und zum zweiten Mal bei dieser Begegnung war sie plötzlich verlegen. Ganz offensichtlich hatte er ihren Blick auf seinen Ringfinger bemerkt. „Ja“, erwiderte sie knapp. „Ich bin schon seit einer ganzen Weile allein. Das ist kein Geheimnis.“

Er nickte ernst. „Ich habe meine Frau vor einigen Jahren verloren. Krebs."

„Das tut mir leid." Die Traurigkeit in seinem Blick war nicht zu übersehen.

„Das ist einer der Gründe, warum ich diese Stelle angenommen habe und umgezogen bin. Ich dachte, ein Umgebungswechsel würde mir guttun."

„Und? Hat es geholfen?"

Er zuckte mit den Schultern. „Ich glaube schon … aber es ist immer noch ziemlich schwierig."

Ihr Herz flog ihm entgegen. „Das verstehe ich. Ich hatte damals auch ziemlich zu kämpfen, als mein Mann mich verlassen hat – was natürlich nicht eins zu eins vergleichbar ist, denn er ist ja nicht gestorben." Den Gedanken, dass es wahrscheinlich leichter für sie gewesen wäre, wenn Byron gestorben wäre, behielt sie lieber für sich.

„Das tut mir leid … es muss schwer für Sie gewesen sein."

„Danke, Mr Trellis."

„Bitte nennen Sie mich doch Carey." Er lächelte. „Zumindest wenn die Mädchen nicht in der Nähe sind."

„Gern. Ich bin Belinda."

Er hielt ihr die Hand hin, die sie ergriff. „Danke für alles, was du für meine Schülerinnen tust, Belinda. Ich hoffe, das verändert ihr Selbstbild."

Sie nickte. „Ich denke, das wird es. Ich freue mich jedenfalls schon sehr darauf, mit den Mädchen zu arbeiten."

Sie versprachen, per E-Mail in Kontakt zu bleiben, und Belinda reichte ihm sogar einen kleinen Packen Eintrittskarten. „Sag Bescheid, wenn du mehr brauchst“, rief sie, während sie mit leichtem Schritt über den Parkplatz lief. Eine solche Unbeschwertheit hatte sie schon seit Jahren nicht mehr empfunden.

Kapitel 8

Nach nur drei Tagen war Grace klar, dass sie sich mit dem *Habitat*-Projekt übernommen hatte. Die Möbelgeschäfte am Ort dazu zu bewegen, so kurz vor Weihnachten die Einrichtung für drei Wohnzimmer zu spenden, war wie ein Besuch beim Zahnarzt. Und die Auswahl an geeigneten Möbeln im Lager von *Habitat* ließ ebenfalls zu wünschen übrig. Obwohl sie und Camille in der ganzen Stadt herumtelefoniert und alle Lagerräume und Möbellager durchstöbert hatten, hatten sie am Mittwoch so gut wie nichts vorzuweisen.

„Ich denke, Sie sollten Ihre Ansprüche ein wenig herunterschrauben“, sagte Camille während ihrer Mittagspause zu Grace. „Die Leute von *Habitat* sind doch keine zahlenden Kunden. Sie sollten froh sein, überhaupt eine Einrichtung für ihre Häuser zu bekommen.“

Grace runzelte die Stirn. „Aber es soll doch ein Aushängeschild für mich als Innenarchitektin sein“, widersprach sie.

„Ja, aber Sie bekommen kein Honorar dafür“, rief Camille

ihr in Erinnerung. „Warum geben Sie sich überhaupt so viel Mühe damit?“

„Weil es um meinen Ruf geht und ich möchte, dass es gut wird.“ Grace knüllte ihre leere Papiertüte zusammen und erhob sich. „Telefonieren Sie weiter herum. Ich habe Ihnen ja eine Liste gegeben.“ Seufzend warf sie die Tüte in den Mülleimer. „Ich fahre los und suche weiter nach Sponsoren. Vielleicht habe ich ja doch noch Glück.“ Obwohl sie sich keine Hoffnungen machte, zog sie ihren Mantel an und band ihren Schal um.

Während sie nach der Tasche griff, in der die Pläne und Raumskizzen steckten, die sie am Montag ausgearbeitet hatte, fragte sie sich, warum sie sie überhaupt mitnahm. Es war ja nicht so, dass sie davon ausging, genau die Einrichtungsgegenstände zu finden, die die Räume zu etwas Besonderem machen würden. Sie konnte von Glück sagen, wenn sie drei brauchbare Sofas und ein paar Sessel auftrieb. Warum um Himmels willen hatte sie sich das nur aufgehalst? O ja, richtig, sie war davon ausgegangen, dass es nur um die Weihnachtsdekoration ging. Das war die Strafe dafür, dass sie vorschnell ihre Zusage gegeben hatte. Joel hatte sie mehrmals vor so etwas gewarnt.

Als sie in den Wagen stieg, schob sie die Gedanken an Joel ganz bewusst beiseite. Natürlich hatte er sie für verrückt erklärt, dass sie diese unmögliche Aufgabe übernommen hatte. Ihm gefiel die Idee, dass sie *Habitat* helfen wollte,

aber er hatte bereits vorhergesagt, dass sie scheitern würde. Und genau deshalb war ihre Entschlossenheit, ihr Vorhaben zu einem guten Ende zu bringen, umso größer. Irgendwie musste sie das durchziehen. Aber dazu brauchte sie nicht weniger als ein Wunder!

Für den Nachmittag hatte sie sich vorgenommen, die weniger traditionellen Geschäfte aufzusuchen. Auch wenn das bedeutete, die Wohnzimmer nur mit günstiger Import-Ware auszustatten – sie würde nehmen, was sie bekommen konnte. Sie klapperte mehrere Geschäfte ab, erzählte ihre Geschichte und bettelte praktisch um Spenden, aber abgesehen von ein paar ausgefallenen Dekostücken, die sie vermutlich gar nicht einsetzen konnte, machte sie keine großen Fortschritte. Am Ende des Tages war sie entmutigt und erschöpft. Warum nur hatte sie sich auf dieses Projekt eingelassen?

Da sie die Dekogegenstände nicht mit nach Hause nehmen wollte, beschloss sie, sie in einem der *Habitat*-Häuser zu deponieren. Julie Abernathy hatte Grace die Schlüssel zu allen drei Häusern ausgehändigt, und da eines davon auf ihrem Heimweg lag, wollte sie dort einen Zwischenstopp einlegen. In der Einfahrt stand ein blauer Pick-up. Sie nahm an, dass er einem der ehrenamtlichen Helfer gehörte, der noch länger arbeitete. Doch als sie das Haus betrat, war sie verblüfft, dort die Familie vorzufinden, die bald in das Haus einziehen würde.

„Ich bin Ginny", stellte sich die junge Frau vor. „Und das sind meine Mädchen. Hannah ist knapp drei Jahre alt und Holly sechs."

„Schön, Sie kennenzulernen." Grace stellte sich vor und erklärte, dass sie das Wohnzimmer einrichten werde.

„Das alles ist so aufregend", freute sich Ginny. „Wir bekommen nicht nur ein Haus, sondern auch die Möbel. Ich hatte das Gefühl, in einer Lotterie gewonnen zu haben, als ich die Mitteilung bekam."

„Ist das für uns?", fragte Holly mit weit aufgerissenen Augen und starrte auf die Glaslampe in Graces Händen. „Die ist so schön!"

„Ich – äh –, ich weiß noch nicht genau." Sie lächelte das kleine Mädchen an. „Mein Plan ist noch nicht fertig."

„Wir haben noch nie richtige Möbel besessen", erzählte ihr Ginny. „Ein altes Bett war unsere Couch und gleichzeitig mein Bett. Kisten als Couchtische. Kissen als Sitzgelegenheit."

„Wir haben uns vorgestellt, wir wären beim Zirkus", vertraute Holly Grace an.

„Weil wir immer wieder weiterziehen mussten", fügte Ginny erklärend hinzu. „Das Haus, in dem wir ursprünglich gewohnt haben, wurde verkauft. Der Mietkomplex, in den wir anschließend gezogen sind, wurde geräumt. Im Augenblick leben wir in einem Wohnwagen, der beim Haus meiner Schwester steht. Das ist wirklich eine Herausforde-

rung.“ Lächelnd blickte sie sich im Zimmer um. „Ich kann immer noch nicht glauben, dass das einmal uns gehören wird.“

„Wir haben beim Bau geholfen“, berichtete Holly stolz. „Und Mami hat auch bei einer ganzen Reihe anderer Häuser mitgeholfen. Sie kann gut mit Hammer und Säge umgehen.“

„So funktioniert das“, erklärte Ginny, während sie das kleinere Mädchen auf den Arm nahm, das zu quengeln begann. „Voraussetzung ist, dass man in der Stadt wohnt, einen festen Job hat und beim Bau anderer Wohnprojekte mithilft. Ich habe es geschafft, dass wir auf die Liste kommen, bevor … äh …“, sie senkte die Stimme, während Holly einen Purzelbaum auf dem Teppich machte, „bevor mein Mann uns verlassen hat. Das war kurz vor Hannahs Geburt. Aber da ich einen Vollzeitjob hatte und auch weiter bei den anderen Projekten mithalf, sind wir auf der Liste geblieben.“ Sie strich Hannah die Haare aus dem Gesicht. Die Kleine schien müde zu sein. „Es ist nicht leicht, die Versorgung der Kinder und alles andere unter einen Hut zu bekommen. Aber meine Schwester hat uns viel geholfen. Manchmal passt sie für mich auf die Mädchen auf.“

„Wir werden noch vor Weihnachten einziehen“, berichtete Holly voller Begeisterung, als sie sich wieder zu ihnen gesellte. „Und wir werden einen eigenen Weihnachtsbaum und so was haben.“

„Ja." Ginny nickte. „Das letzte Weihnachtsfest war schwer für uns."

„Da mussten wir ausziehen und auf Tante Lisas Dachboden wohnen." Holly verzog das Gesicht. „Da gab es Ratten."

„Keine Ratten", stellte Ginny richtig. „Es waren Mäuse."

„Aber man konnte sie nachts knabbern hören", berichtete Holly melodramatisch. „Und sie haben meine Katze aufgefressen."

„Die Mäuse haben eine *Katze* gefressen?", fragte Grace voller Entsetzen.

„Eine Plüschkatze." Ginny runzelte die Stirn. „Aber dann hat mein Vater den alten Wohnwagen dort aufgestellt. Wir leben jetzt schon ein Jahr darin."

„Dort gibt es auch Mäuse", vertraute Holly Grace an.

„Wir haben Fallen aufgestellt", wies Ginny Holly zurecht. „Jetzt sind die Mäuse alle verschwunden."

„Aber manchmal ist es schrecklich kalt darin." Holly tat so, als würde sie frieren.

„Nun, ich bin sicher, ihr werdet euch in eurem neuen Zuhause wohlfühlen." Grace zwang ein höfliches Lächeln auf ihr Gesicht. „Und ich werde mir Mühe geben, es schön für euch einzurichten."

„Mamis Lieblingsfarbe ist Grün", erklärte Holly Grace. „Aber ich mag Dunkelrot. Und Hannah mag Rosa."

Grace nickte. „Das werde ich mir merken."

„Wir sind dankbar für alles, was wir bekommen“, wandte Ginny schnell ein. „Welche Farben auch immer Sie für uns aussuchen – das Haus wird schöner sein als alles, was wir bisher hatten.“ Sie nahm Hannah auf den anderen Arm. „Sie ist todmüde. Ich sollte jetzt gehen. Aber als ich nach Hause fahren wollte, war noch ein Arbeiter hier, und ich habe ihn gefragt, ob ich es mir mal anschauen kann.“ Sie lachte leise. „Sobald die Innenarchitekten mit der Arbeit begonnen haben, dürfen wir das Haus eigentlich nicht mehr betreten.“

„Ich habe das Bett in meinem Zimmer entdeckt“, flötete Holly. „Es ist so schön!“

„Aber jetzt werden wir bestimmt nicht mehr heimlich nachsehen“, versprach Ginny.

„Ich schließe ab, wenn ich fahre“, versprach Grace, als Ginny mit Holly im Schlepptau zur Haustür ging.

„Danke für alles, was Sie für uns tun“, sagte Ginny. „Ich kann Ihnen gar nicht sagen, wie dankbar wir sind.“

„Ja, danke!“, rief Holly beim Hinausgehen.

Grace trug die anderen Einrichtungsgegenstände aus ihrem Auto ins Haus und deponierte sie in einer Ecke des Wohnzimmers, bevor sie sich noch einmal umschaute. Obwohl das Zimmer im Vergleich zu den Wohnzimmern, die sie sonst einrichtete, relativ klein war, wirkte es im Augenblick fürchterlich kahl. Plötzlich verspürte sie den Wunsch, alles zu tun, was in ihrer Macht stand, um diesen

Raum gemütlich einzurichten. Aber nicht mehr wegen ihres Rufes, sondern weil sie Ginny, Holly und Hannah ein schönes Zuhause schaffen wollte. Irgendwie musste sie das hinbekommen.

***

Obwohl sie sich hübsch angezogen und ihre Einführungsrede mehrmals geprobt hatte, fühlte sich Louisa nicht bereit für ihre erste Kunsttherapie-Stunde am Donnerstag. Die Emotionen, die in ihr hochstiegen, nachdem sie das Grundkonzept des Kurses erklärt hatte, trafen sie vollkommen unvorbereitet. Obwohl sie sich Mühe gab, selbstbewusst aufzutreten und den Kursteilnehmern über ihre Probleme hinwegzuhelfen, fühlte sie sich so hilflos wie ein Fisch an Land.

Anstatt mit dem Malen zu beginnen, wie sie es gehofft hatte, saßen die wenigen Teilnehmer an dem großen runden Tisch und wollten lieber über ihren Kummer reden, den sie scheinbar nicht überwinden konnten. Nach etwa der Hälfte der Zeit hielt Louisa es für angebracht, einen Richtungswechsel einzuleiten. Entweder das, oder sie müsste nach Hause gehen und ihre eigene Mitleidsparty veranstalten – und das wollte sie auf keinen Fall tun. Doch bevor sie sich an die Gruppe wandte, schickte sie noch ein stummes Gebet zum Himmel – oder vielmehr einen verzweifelten Hilfeschrei.

„Ich sehe, dass Sie alle mit ziemlich gravierenden Ver-

lusten zu kämpfen haben“, begann sie vorsichtig, „aber ich möchte Sie daran erinnern, dass Sie heute hergekommen sind, weil Sie Heilung suchen. Deshalb wollen wir uns gemeinsam in Bewegung setzen und anfangen weiterzugehen. Und als Künstlerin glaube ich, dass das Malen Ihnen dabei helfen kann.“

Noch während diese Worte über ihre Lippen kamen, zweifelte sie an ihrer eigenen Aussage. Seit Adams Tod vor fast einem Jahr hatte sie sich nicht überwinden können, einen Pinsel in die Hand zu nehmen. Und als Laura starb, hatte sie den Entschluss gefasst, all ihre Malsachen wegzugeben und der Malerei endgültig den Rücken zu kehren. Und doch stand sie jetzt hier – vor wildfremden Menschen, die tief in ihrem eigenen Schmerz gefangen waren und sie gerade misstrauisch und zweifelnd anschauten – und tat so, als hätte sie Antworten auf ihre Fragen. Das war wirklich lächerlich, wenn nicht gar demütigend.

„Das ist leichter gesagt als getan“, gab eine junge Frau zu bedenken.

„Das weiß ich“, murmelte Louisa und wünschte, sie hätte sich niemals auf dieses unmögliche Projekt eingelassen.

„Haben Sie überhaupt Erfahrung mit solchen Therapiekursen?“, fragte eine Frau mittleren Alters. Sie hieß Cindy und schien sehr skeptisch zu sein. „Wissen Sie, was Sie da tun?“

„Nun, um ehrlich zu sein, dies ist auch für mich eine neue Erfahrung.“

„Das war auch bei der Lehrerin so, die den Kurs im vergangenen Jahr begonnen hat“, erklärte Cindy ein wenig schnippisch. „Sie wusste auch nicht, was sie da tat. Darum ist der Versuch auch gründlich gescheitert. Ich weiß nicht, warum ich überhaupt hergekommen bin. Außer dass mir die Vorstellung gefällt, Malerin zu werden.“

„Ich habe früher Malen nach Zahlen gemacht“, erklärte ein älterer Herr namens Bruce leise. „Im vergangenen Sommer habe ich darüber nachgedacht, wieder damit anzufangen, um über Ruths Tod wegzukommen. Aber das kann ich vermutlich auch allein zu Hause.“

„Gebt Louisa doch eine Chance“, ging eine ältere Frau dazwischen. „Vielleicht kann sie ja mehr, als wir denken.“

Louisas Selbstvertrauen schwand noch mehr. Ihr wurde schmerzlich bewusst, dass ihre Kenntnisse im Bereich der Kunsttherapie äußerst begrenzt waren. Sie hatte noch nie wirklich gearbeitet und sich eigentlich nur während des Studiums als Kellnerin etwas nebenher verdient, und selbst das war ihr unheimlich schwergefallen. Was hatte sie sich nur dabei gedacht?

„Es tut mir leid“, sagte sie zu der Gruppe und konnte nur mit Mühe die Tränen der Frustration zurückhalten. „Vermutlich haben Sie recht. Ich weiß wirklich nicht, was ich hier tue. Bitte entschuldigen Sie, dass ich Ihre Zeit vergeudet habe.“ Mit diesen Worten begann sie, hastig ihre Sachen zusammenzupacken. Sie wollte durch die Tür davonstürzen,

dieses Gebäude fluchtartig verlassen und nie mehr wiederkommen.

„Warten Sie“, rief die ältere Frau. „Sie können jetzt nicht einfach aufgeben. Sie sind doch sicher aus einem bestimmten Grund hierhergekommen. Sie hatten das Gefühl, Sie könnten diese Gruppe leiten. Erzählen Sie uns von sich, Louisa. Erzählen Sie uns, warum Sie hier sind.“

Louisa blinzelte die Tränen weg und legte ihre große Baumwolltasche schwungvoll auf den Tisch zurück. „Nun, ich – äh –, ich bin Malerin. Etwas anderes als Malen habe ich in meinem Leben nie gemacht. Und früher hat es mir Freude bereitet, zu malen und zu zeichnen und kreativ zu sein. Doch dann ist mein Mann Adam gestorben … im vergangenen Januar … und seitdem, nun ja, fällt es mir schwer –“

„Sie haben auch Ihren Mann verloren?“, fragte Cindy verblüfft. „Warum haben Sie das denn nicht gesagt?“

„Oh …“ Louisa runzelte die Stirn. „Ja, vermutlich hätte ich das früher sagen sollen. Und eine meiner liebsten Freundinnen ist ebenfalls vor Kurzem gestorben. Am Tag nach Thanksgiving. Und ich bin immer noch dabei, das zu verarbeiten.“

„Und Sie denken, dass Malen dabei hilft?“, fragte Bruce hoffnungsvoll.

„Ich will ehrlich zu Ihnen sein: Ich selbst habe seit einem Jahr keinen Pinsel mehr angefasst. Ich habe gehofft, dieser Kurs könnte mir genauso helfen wie Ihnen allen.“

Es wurde sehr still im Raum, und Louisa fragte sich, ob die Gruppe ihr ebenso wenig zutraute, wie sie selbst es tat.

„Sie sind also wirklich Malerin?“, fragte Cindy.

„Ja“, erwiderte Louisa. „Ich habe einige meiner Gemälde mitgebracht.“ Sie deutete auf einen Tisch in der Ecke. „Sie liegen dort drüben.“

Plötzlich sprangen alle auf, und Louisa zeigte ihnen ihre Arbeiten. Die Teilnehmer ihrer Gruppe schienen ihre Bilder zu mögen und waren beeindruckt, dass sie sich tatsächlich mit Kunst auskannte. Und schließlich gestand sie ihnen, wie sehr sie das Malen vermisste.

„Wenn ich male, geschieht etwas mit mir“, erklärte sie ihnen. „Es ist, als würde sich ein Teil von mir von der Welt lösen, und mein Fokus richtet sich voll und ganz auf das, was ich male. Sobald ich einen Pinsel in die Hand nehme, fällt das, was mich belastet, von mir ab. Und ab und zu habe ich auf diese Weise sogar die Lösung für ein Problem gefunden. Manchmal kommt es mir vor wie ein Wunder.“

Sie führte die Gruppe an den Tisch zurück. Ihre Zeit war schon fast um. Trotzdem reichte sie jedem Kursteilnehmer Zeichenpapier und einen Bleistift.

„Wir werden nun Folgendes machen.“ Sie holte einen blauen Krug aus ihrem Stoffbeutel. Er hatte ihrer Mutter gehört und war mit Rosen und Blättern verziert. Sie stellte ihn in die Mitte des Tisches. „Zeichnen Sie diesen Krug.“

„Er hat einen Riss“, verkündete Cindy.

„Ich weiß.“ Louisa seufzte bei dem Gedanken an den Tag, an dem ihr der Krug aus der Hand gerutscht war und sie ihn wieder geklebt hatte. „Er ist zerbrochen. So wie wir alle zerbrochen sind. Zeichnen Sie ihn ruhig so, wie er ist. Und machen Sie sich keine Gedanken über Ihre künstlerischen Fähigkeiten oder darüber, ob Ihre Zeichnung gelungen ist. Geben Sie einfach Ihr Bestes. Es kommt nicht auf die Qualität Ihrer Zeichnung an. Wichtig ist, dass Sie in Verbindung treten mit dem, was Sie da tun. Denken Sie über die Linien nach, die Sie zu Papier bringen. Stellen Sie sich vor, dass es nur Sie und den Stift und das Papier gibt. Lassen Sie los und zeichnen Sie, bis ich Ihnen sage, dass Sie zum Ende kommen müssen. Leider bleibt uns heute nicht mehr viel Zeit.“

Einige aus der Gruppe machten sich sofort an die Arbeit. Andere starrten zuerst den Krug an und anschließend auf ihr leeres Blatt. Leise ging Louisa von einem Teilnehmer zum anderen, ermutigte sie und machte vorsichtig einige Vorschläge – in erster Linie mit dem Zweck, die Teilnehmer dazu zu bewegen, den Stift überhaupt zur Hand zu nehmen. Nach etwa einer halben Stunde rief sie: „Die Zeit ist um“, und bat sie, die Stifte aus der Hand zu legen.

„Jetzt wollen wir uns gegenseitig erzählen, was uns während des Zeichnens durch den Kopf gegangen ist“, erklärte sie. „Und bitte haben Sie nicht das Gefühl, irgendwelche korrekten Antworten geben zu müssen. In dieser Gruppe gibt

es so etwas nicht. Erklären Sie einfach, was Sie während des Zeichnens empfunden haben.“

Als Erster meldete sich ein junger Mann namens Rod zu Wort. Louisa wusste, dass er seinen älteren Bruder bei einem Motorradunfall verloren hatte. Aber bisher hatte er sich recht schweigsam gegeben. Er hielt seine Skizze in die Höhe, die eigentlich ziemlich gut war. Doch er erzählte, dass er sich nicht richtig getraut habe, den Krug zu zeichnen, und Angst gehabt habe, die anderen würden sich über ihn lustig machen. Seine Eltern hätten ihn gedrängt, heute hierherzukommen. „Ich kann mir beim besten Willen nicht vorstellen, dass das irgendjemandem helfen soll.“

„Wie haben Sie sich beim Zeichnen gefühlt? Haben Sie Ihren Kummer vergessen können?“, fragte Louisa.

„Irgendwie schon.“

„Dann war es vielleicht doch keine vergeudete Zeit.“ Sie lächelte ihn an. „Und ich finde, dass Sie wirklich Talent haben.“

Sein Gesicht leuchtete kurz auf, bevor er den Blick wieder auf seine Zeichnung senkte.

„Ich würde mich jetzt gern anschließen“, sagte eine jüngere Frau. Mittlerweile wusste Louisa, dass sie Claire hieß und ihre Eltern durch einen Wohnungsbrand verloren hatte, während sie in der Schule gewesen war. Sie schien sehr nett und offen zu sein. „Ich habe festgestellt, dass ich mich in diesen Riss verbissen habe. Ich musste immerzu darauf schauen.“ Sie hielt

ihre Zeichnung in die Höhe, die sehr interessant war – eine Seite war hell, die andere dunkel. „Ich wollte den Riss richtig hinbekommen. Und während ich daran arbeitete, wurde mir klar, dass er ein Sinnbild für mein Leben ist.“

„Inwiefern?“, hakte Louisa nach.

„Der Riss verläuft durch die Mitte. Als wäre mein Leben mit dem Tod meiner Eltern auseinandergerissen worden. Als wäre dies mein Leben gewesen, bevor ich sie verlor.“ Sie deutete auf die hellere Seite der Zeichnung. „Und das ist mein Leben danach.“ Sie deutete auf die dunklere Seite.

„Mir gefällt die dunklere Seite besser“, sagte Louisa ehrlich.

Claire nickte mit leicht gerunzelter Stirn. „Mir irgendwie auch.“

„Sie wirkt echter“, bemerkte jemand.

Nacheinander sprachen die Teilnehmer über ihre Bilder und die Erfahrungen, die sie beim Zeichnen gemacht hatten. Sie waren gerade beim letzten Teilnehmer angekommen, als Louisa merkte, dass sie überzogen hatten. Die zwei Stunden waren wie im Flug vergangen.

„Das war sehr gut“, erklärte sie. „Ich habe das Gefühl, dass wir heute alle etwas Wichtiges gelernt haben.“ Zufrieden lächelte sie die Teilnehmer an. „Und denken Sie nur, das war erst unsere erste Kursstunde.“

„Treffen wir uns nächste Woche wieder?“, fragte Bruce voller Eifer.

„Auf jeden Fall“, versicherte Louisa ihm. „Aber die Woche danach ist Weihnachten. Da sehen wir uns nicht. Doch ich würde gern direkt in der Woche nach Weihnachten weitermachen, wenn alle damit einverstanden sind. Ich habe das Gefühl, dass ich das dann brauchen werde.“ Die anderen waren ebenfalls darauf erpicht, sich so oft wie möglich zu treffen, wie sie erleichtert feststellte. Während sie ihre Sachen zusammenpackte, ging es Louisa schon sehr viel besser. Sie glaubte, dass sie trotz des holprigen Anfangs diesen Kurs erfolgreich durchführen konnte. Und vielleicht würde sie irgendwann auch wirklich verstehen, wie Kunsttherapie funktionierte – oder einfach weiter so tun als ob.

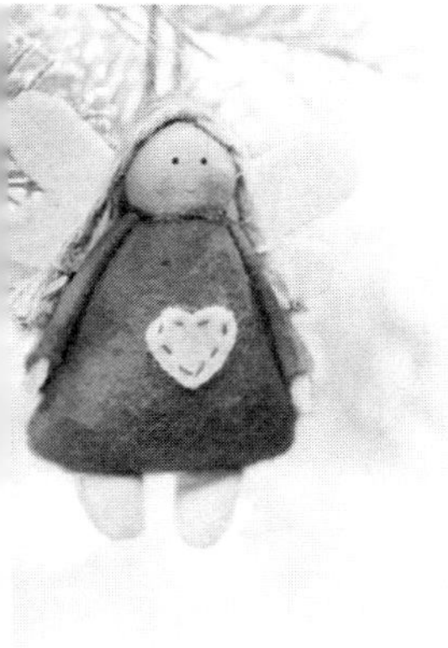

Kapitel 9

Erst auf dem Heimweg fiel Grace siedend heiß ein, dass sie angeboten hatte, an diesem Abend Gastgeberin für die Weihnachtsengel zu sein. Am Donnerstag vor einer Woche hatte sie sich noch darauf gefreut, ihre Freundinnen bei sich zu Hause zu empfangen. Die Weihnachtsdekoration sollte hängen, und sie wollte sogar schon Kekse gebacken haben. Sie hatte sich sogar vorgestellt, für jede ihrer Freundinnen ein kleines Geschenk zu haben, genau wie Laura.

Aber leider hing noch nicht eine einzige Lichterkette, sie hatte seit Jahren nicht mehr gebacken, und ihr Haus musste dringend von Grund auf gereinigt werden. Mit einem Blick auf die Uhr beschloss sie, noch schnell etwas aus der Bäckerei mitzunehmen. Natürlich fand sie keinen Parkplatz in der Nähe, und nachdem sie den Wagen auf der anderen Straßenseite abgestellt hatte und durch den Regen gerannt war, musste sie feststellen, dass die Bäckerei bereits geschlossen hatte. Als sie im Inneren noch eine Angestellte entdeckte, klopfte sie an die Ladentür. Aber die Frau warf

ihr nur einen finsteren Blick zu und verschwand im Hinterzimmer.

Durchnässt und durchgefroren setzte Grace ihren Heimweg fort und hoffte, dass sie vielleicht noch eine Packung Kekse in der Vorratskammer hatte. Sie parkte den Wagen in der Garage und rannte ins Haus. Hoffentlich konnte sie Joel dazu bringen, ihr zu helfen, einen Schnelldurchgang im Haus zu machen. „Die Engel kommen heute Abend“, rief sie ihm zu, während sie ihren nassen Mantel auszog. „Ich brauche deine Hilfe.“

„*Wer* kommt?“ Er blickte sie an, als hätte sie den Verstand verloren.

„Der Buchclub. Wir treffen uns hier.“ Sie räumte das Geschirr aus dem Spülbecken in die Spülmaschine. „Warum kannst du dein dreckiges Geschirr denn nicht gleich in die Spülmaschine stellen?“, brummte sie, während sie die dreckigen Teller einräumte, ohne sie zuvor abzuspülen.

„Hallo und auch dir einen guten Abend“, sagte er beleidigt.

„Ich brauche deine Hilfe beim Aufräumen. Immerhin ist das *dein* Chaos.“

„*Mein* Chaos?“ Er verdrehte die Augen. „Dann lass doch alles so, wie es ist. Ich mag mein Chaos.“

„*Joel!*“, rief sie. „Bitte hilf mir jetzt! Meine Freundinnen werden in etwa fünfzehn Minuten hier sein.“

„Warum zeigst du deinen Freundinnen nicht, wie wir tatsächlich leben?“, spöttelte Joel. „Lass sie doch merken, dass du nicht so perfekt bist, wie du ihnen immer vorspielst.“

Sie hob einen Kaffeebecher und hätte ihn am liebsten nach ihm geworfen, doch dann hätte sie hinterher auch noch die Scherben beseitigen müssen. „Verschwinde hier“, schrie sie zornig. „Geh und versteck dich in deiner blöden Männerhöhle!“

Er zuckte mit den Schultern und zog ab, während sie in aller Eile das Geschirr in die Spülmaschine stellte. Abspülen und richtig einsortieren würde sie es später. Schnell setzte sie den Teekessel auf und füllte die Kaffeemaschine mit Kaffeepulver, und während der Kaffee durchlief, wischte sie die Arbeitsfläche in der Küche sauber. In der Speisekammer fand sie noch zwei Packungen Kekse, die sie schnell auf einem hübschen Teller arrangierte, bevor sie Tassen bereitstellte und Servietten herauslegte.

Im Vergleich zu dem, was Louisa ihnen am vergangenen Donnerstag angeboten hatte, war ihr Arrangement äußerst mager, aber es würde genügen müssen. Sie zündete gerade eine Kerze mit Vanilleduft an und stellte die Kekse auf den Tisch, als es an der Tür läutete. Sie nahm sich noch die Zeit, ihre Haare glatt zu streichen und einmal durchzuatmen, doch ihr war klar, dass das sinnlos war. Alles in ihr wollte schreien – sie war kein Engel und würde nie einer werden! Schließlich machte sie sich jedoch auf den Weg zur Haustür, um ihre Gäste zu begrüßen. Als sie durch das Wohnzimmer kam, hörte sie ein Knistern und war verblüfft, dass ein gemütliches Feuer im Kamin brannte.

Joel hatte den Kamin angezündet – und sie war sofort auf ihn losgegangen. Niedergeschlagen öffnete sie die Haustür und begrüßte Belinda. „Pünktlich wie immer", rutschte es ihr raus. „Komm herein."

„Bin ich zu früh?", fragte Belinda entschuldigend. Sie betrat den Flur und zog ihre nasse Jacke aus. „Ich bin direkt von der Arbeit hergekommen."

„Nein, alles gut", erwiderte Grace, während sie die Jacke aufhängte. „Ich bin diejenige, die heute etwas spät dran ist. Ich muss gestehen, ich hatte den heutigen Abend komplett ausgeblendet. Erst als ich schon fast zu Hause war, ist mir wieder eingefallen, dass wir uns ja heute treffen wollten. Ich bin gerade ein wenig durch den Wind."

„Das tut mir leid. Kann ich dir irgendwie helfen?" Belindas Stimme klang aufrichtig besorgt.

Grace hörte den Teekessel pfeifen. „Komm rein und nimm dir etwas Warmes zu trinken. Ist das Wetter nicht scheußlich?"

„Allerdings. Ich wünschte, es würde nicht regnen, sondern schneien." Belinda goss sich eine Tasse Kaffee ein. Grace stellte derweil den Zucker bereit und gab Milch in das Milchkännchen.

„Ich habe eine miese Woche hinter mir", gestand Grace, während sie sich eine Tasse Tee eingoss.

„Das tut mir leid." Belinda musterte sie neugierig. „Ich hatte immer den Eindruck, dass in deinem Leben alles rund-

läuft. Es wirkt so organisiert, und alles scheint wie ein Uhrwerk zu laufen.“

Grace lachte. „Ich gebe mir Mühe, es so aussehen zu lassen. Aber eigentlich habe ich im Augenblick das Gefühl, dass alles aus dem Ruder läuft. Vor allem seit Lauras Tod. Ich vermisse sie so sehr.“

„Ich auch.“ Belinda legte ihr die Hand auf die Schulter. „Kann ich irgendetwas für dich tun?“

Grace fiel auf, dass Belinda ihr schon zum zweiten Mal ihre Hilfe angeboten hatte. Und sie schien es ernst zu meinen und nicht nur so daherzureden. „Ich – äh – weiß nicht.“ Graces Kehle schnürte sich zu. „Manchmal denke ich, ich brauche einfach jemanden, der mir zuhört. Ein offenes Ohr, verstehst du? Laura war so ein Mensch.“

„Aber jetzt bin ich ja da. Und ganz Ohr.“ Erwartungsvoll nahm Belinda auf einem der Hocker an der Kücheninsel Platz.

Grace starrte Belinda an und überlegte, ob sie sich ihr gegenüber wirklich so öffnen konnte wie früher bei Laura, doch bevor sie zu einem Entschluss kam, klingelte es erneut an der Haustür.

„Vielleicht sollten wir uns mal auf einen Kaffee treffen“, schlug Belinda vor und erhob sich. „Ich mache die Tür für dich auf, Grace.“

Während Belinda zur Tür ging, versuchte Grace erneut, ihre Fassung wiederzugewinnen. Irgendwie musste sie die-

sen Abend überstehen, ohne in Tränen auszubrechen. Doch das würde nicht leicht werden.

Louisa und Cassidy trafen gleichzeitig ein. Kurz darauf war jeder mit einem heißen Getränk versorgt, und sie ließen sich im Wohnzimmer nieder, wo das knisternde Feuer erstaunlich tröstlich wirkte. Grace musste sich unbedingt bei Joel bedanken … und entschuldigen.

„Eine unglaubliche Woche liegt hinter mir“, begann Louisa fröhlich. Zum ersten Mal seit Adams Tod wirkte sie wieder glücklicher. Sie erzählte ihnen von ihrem Therapiekurs und wie gut die Stunde gelaufen war.

„Ich wusste ehrlich nicht, was ich da eigentlich tat“, gestand Louisa. „Und der Anfang war auch eine Katastrophe. Das war mir so peinlich! Am liebsten wäre ich aufgesprungen und davongelaufen. Doch dann habe ich gebetet.“ Sie lachte leise. „Es war ein armseliges und verzweifeltes Gebet, aber es kam von Herzen. Und dann kam die große Wende. Das war wirklich unglaublich. Beinahe wie ein Wunder.“

„Das ist ja toll!“, rief Cassidy und begann von ihrer Idee zu erzählen, die Haustiere bedürftiger Menschen zu versorgen. „Ich mache Hausbesuche“, berichtete sie begeistert. „Vorwiegend bei älteren Menschen, die finanziell kaum über die Runden kommen. Sie wohnen alle in demselben Wohnblock. Eine nette alte Dame namens Dorothy Morgan weiß genau, wer Hilfe braucht. In erster Linie nehme ich Impfungen vor und untersuche die Tiere. Die Leute sind so dankbar.

Das macht richtig Spaß. Ich wünschte, ich könnte das nur noch machen."

„Du bietest deine Dienste also kostenfrei an?", fragte Belinda voller Interesse.

Cassidy nickte und nippte an ihrem Tee.

„Das ist wirklich sehr großzügig", erwiderte Belinda.

„Die Tierhalter sind unglaublich dankbar. Und ich habe das Gefühl, selbst viel mehr beschenkt zu werden als sie. Sie lieben ihre Tiere. Und tierärztliche Versorgung können sie sich finanziell einfach nicht leisten."

„Und wer bezahlt die Impfstoffe und Medikamente?", fragte Louisa ein wenig besorgt.

„Ich." Cassidy lächelte. „Ich habe einen guten und preiswerten Anbieter gefunden und bestelle die Medikamente online."

„Aber kannst du dir das denn leisten?", hakte Louisa nach. „Du arbeitest doch nur halbtags."

„Ich bin doch ein Engel", neckte Cassidy. „Gott sorgt schon für mich, nicht wahr?"

„Aber du willst dich doch nicht finanziell ruinieren, oder?", fügte Belinda vorsichtig hinzu. „Als Single musst du dich nun mal selbst versorgen."

Cassidy strahlte sie an. „Keine Sorge, ich passe schon auf." Sie deutete auf Belinda. „Und was ist mit dir? Welches Engel-Projekt hast du dir ausgesucht?"

Belinda grinste. „Ich hatte gehofft, dass ihr fragt." Sie

erzählte von der Modenschau, die sie zusammen mit dem neuen Direktor der McKinley-High organisieren würde. „Eigentlich war es sogar seine Idee, den Mädels in modischer Hinsicht ein wenig auf die Sprünge zu helfen“, erklärte sie. „Ihre Kleidung ist … na ja, Emma würde sagen, ziemlich gruselig.“

Alle lachten.

„Auf jeden Fall habe ich mich mit den Mädchen getroffen und sie von unserer Idee überzeugt. Savannah und ich stellen die Kombinationen zusammen, es werden Eintrittskarten verkauft, und, nun ja, bis jetzt läuft es richtig gut.“

„Das hört sich doch gut an“, bemerkte Louisa.

„Es macht erstaunlich viel Spaß“, erklärte Belinda glücklich. „Natürlich ist es auch viel Arbeit. Aber es tut so gut, diesen Mädchen zu helfen. Sie kommen einzeln zu mir in den Laden, damit wir ihre Outfits in Ruhe zusammenstellen können. Dadurch habe ich die Möglichkeit, allein mit ihnen zu reden.“ Sie seufzte. „Einige kommen aus ziemlich schwierigen Verhältnissen. Kein Wunder, dass sie so wenig Wert auf ihr Äußeres legen. Und ihr könnt euch gar nicht vorstellen, wie sehr sie nach Aufmerksamkeit hungern.“ Hoffnungsvoll blickte sie in die Runde. „Ach, übrigens, ich hatte gehofft, ich könnte euch dazu bewegen, mir zu helfen.“

„Wie denn?“, fragte Louisa.

„Bei der Modenschau. Sie findet am Samstag vor Weihnachten im *Amber Room* statt. Hinter den Kulissen wird es

mit Sicherheit ziemlich turbulent zugehen. Und mir ist klar, dass das Ganze auch den Bach runtergehen und in einer Katastrophe enden kann. Darum könnte ich ein paar Assistentinnen gebrauchen, die den Mädchen beim Umziehen, Frisieren und Schminken helfen und die dafür sorgen, dass alles reibungslos läuft."

Louisa und Cassidy boten sofort ihre Hilfe an, doch Grace saß nur stumm dabei und war den Tränen nahe. „Ich würde ja auch mithelfen", platzte sie schließlich heraus, „aber mir wird gerade alles zu viel. Ich weiß noch nicht einmal, ob ich mein eigenes Projekt zu Ende bringen kann." Der Damm brach, und sie konnte die Tränen nicht mehr länger zurückhalten. Die anderen stellten sich um sie herum, versuchten sie zu trösten und baten sie, ihnen doch zu erzählen, was los war.

Nachdem sie sich die Nase geputzt hatte, erzählte Grace von ihrem Versprechen, in den drei *Habitat*-Häusern die Wohnzimmer einzurichten. „Anfangs dachte ich, ich sollte sie nur weihnachtlich herrichten – ihr wisst schon, einen Baum aufstellen, ein paar Lichterketten und Weihnachtsschmuck anbringen und so etwas. Mir war nicht klar, dass ich die Wohnzimmer auch mit Möbeln ausstatten soll. In den vergangenen vier Tagen habe ich überall herumtelefoniert, bin durch die ganze Stadt gefahren und habe mich um Spender bemüht. Aber bisher hat das alles nichts gebracht. *Überhaupt nichts.* Den Möbelgeschäften geht es nicht gut.

Einige bieten Rabatte an, aber ich kann es mir nicht leisten, die kompletten Möbel zu kaufen und aus eigener Tasche zu bezahlen. Das Ganze weitet sich langsam zu einer Riesenkatastrophe aus!“ Und wieder begannen die Tränen zu fließen.

„Können wir dir irgendwie helfen?“, fragte Cassidy.

„Ich – ich weiß es doch auch nicht“, stammelte Grace. „Es sei denn, ihr kennt jemanden, der Möbel zu verschenken hat. Für drei Räume.“

Es wurde still im Raum.

„Wie wäre es, wenn wir für dich beten?“, schlug Louisa leise vor.

Grace war zwar nicht davon überzeugt, dass ein Gebet etwas bewirken würde, aber sie nickte, neigte den Kopf und ließ die drei Freundinnen ein kurzes Gebet für sie sprechen. „Amen“, sagte Louisa, nachdem sie geendet hatten. „Und jetzt wollen wir dem Gebet Hände verleihen, wie meine Mutter immer zu sagen pflegte.“

„Wie das?“, fragte Grace.

„Also, auf unserem Dachboden lagern einige Möbel, die ich dir überlassen könnte. Schöne Möbel, aber sie passten damals nicht richtig in unser neues Haus. Ich habe mir eingeredet, dass Matthew und Leah sie vielleicht irgendwann haben wollen, aber natürlich wollten sie sie nicht. Auf jeden Fall würde ich sie dir gern für dein Projekt überlassen, wenn du möchtest.“

„Danke!“, rief Grace.

„Hey, und ich habe auch noch einen Haufen Zeugs eingelagert“, erklärte Cassidy plötzlich. „Es ist einfach lächerlich, dass ich jeden Monat für den Lagerraum bezahle. Aber ich wusste nicht, was ich damit tun sollte. Die Sachen gehörten meiner Mutter … und nach ihrem Tod … ihr versteht schon.“

„Und du willst sie wirklich weggeben?“, fragte Grace vorsichtig nach.

„Es gibt sicher ein paar Erinnerungsstücke, die ich behalten möchte“, stellte Cassidy klar. „Antiquitäten und ein paar Dekostücke. Aber nicht die Möbel. Sie sind zwar hübsch und wertig, aber eben auch ziemlich altmodisch. Nicht mein Stil. Es war Lauras Idee, sie erst mal einzulagern und später zu überlegen, was ich damit tun möchte. Aber dieses ‚Später‘ ist nie gekommen. Und jetzt zahle ich Monat für Monat die Miete für die Lagerung.“ Ihr Gesicht hellte sich auf. „Das Geld könnte ich gut für die Medikamente gebrauchen.“

„Ich nehme eure Angebote sehr gern an“, erwiderte Grace. „Und, Cassidy, vielleicht könnte ich dir beim Aussortieren helfen. Dann überlegen wir gemeinsam, welche der Dinge gut in deine Wohnung passen würden.“

„Das wäre toll.“

„Ich habe auch noch ein paar Sachen“, meldete sich Belinda zu Wort. „Du kennst mich und meine Liebe zu Flohmärkten ja. Ich suche dort nach Kleidung und komme häufig mit anderen Dingen nach Hause, die ich eigentlich gar nicht brauche. Wenn ich ein Schnäppchen sehe, kann ich

einfach nicht widerstehen.“ Sie lachte. „Ihr solltet mal meinen Lagerraum hinter dem Laden sehen. Ganz viel Kram, von dem ich dachte, ich könnte ihn irgendwann mal zum Dekorieren gebrauchen. Aber das meiste davon staubt nur ein und nimmt mir den Platz weg.“

„Ich nehme eure Angebote wirklich sehr gern an“, wiederholte Grace dankbar. „Und ich bete und hoffe, dass ich damit drei komplette Wohnzimmer einrichten und ausstatten kann.“ Aber eigentlich sah Grace in dieser Hinsicht schwarz. Es war schwer vorstellbar, dass sie aus den Beständen ihrer Freundinnen und mit den wenigen Sachen, die sie bisher zusammenbekommen hatte, eine Einrichtung zustande brachte, die ihren Ansprüchen gerecht wurde. Wahrscheinlich würde ein Mischmasch unterschiedlicher Stile und ausrangierter Möbelstücke zusammenkommen, der mit der Bezeichnung „Flohmarktkrimskrams“ wohl am besten beschrieben wäre.

Aber wenigstens hätten die neuen Hausbesitzer am Ende etwas, worauf sie sitzen konnten. Das hoffte sie zumindest. Was ihren Ruf als Innenarchitektin betraf, nun, was sollte sie sich darüber Gedanken machen? Wenn das Projekt abgeschlossen war, würde Grace Westland als Versagerin dastehen – und vermutlich hatte sie das sogar verdient. Und dann würden alle die Wahrheit erfahren – dass sie nichts als eine Heuchlerin war.

Kapitel 10

Gleich am Freitagmorgen machte sich Grace auf den Weg zu Louisa. Irgendwie war es schon ironisch, dass Louisa ihr nun genau die Möbelstücke überließ, die Grace damals, als sie Louisas neues Heim einrichtete, aussortiert hatte, weil sie nicht ins Haus passten. „Ich habe ein schlechtes Gewissen“, gestand sie, nachdem sie die Möbel, die sie brauchen konnte, auf dem Dachboden gekennzeichnet hatte.

„Wieso?“, fragte Louisa. „Ich bin doch froh, die Möbel endlich loszuwerden.“

„Weil das eigentlich schöne Stücke sind, ich dir damals aber davon abgeraten habe, sie in eurem neuen Haus aufzustellen.“

Louisa lachte nur. „Vergiss nicht, dass ich dir den Auftrag gegeben hatte. Ich wollte eine neue Inneneinrichtung für das neue Haus – und mir gefällt immer noch, was dabei herausgekommen ist.“ Sie stellte eine der Tischlampen auf einen Couchtisch. „Ich konnte ja nicht ahnen, dass unsere finanzielle Situation schon kurz darauf so angespannt sein würde.“

„Auf jeden Fall vielen Dank für deine Spende.“ Sie reichte Louisa eine der Steuerquittungen, die *Habitat* ihr ausgehändigt hatte. „Die neuen Eigentümer werden sich sicher darüber freuen.“ Auf dem Weg nach unten erzählte Grace ihr von der anderen Familie, die sie mittlerweile kennengelernt hatte. „Ein Ehepaar Mitte sechzig mit einer Tochter, die das Downsyndrom hat. Sehr nette Leute, und sie freuen sich so auf ihr erstes Eigenheim.“

„Ihr erstes Eigenheim mit Mitte sechzig?“ Louisa schüttelte den Kopf. „Wir haben wirklich allen Grund zur Dankbarkeit.“

„Ja, mir sind ähnliche Gedanken durch den Kopf gegangen.“ Grace seufzte. „Wie dem auch sei … mein Umzugsteam kommt heute Nachmittag mit dem Transporter, um die Möbel abzuholen. Ist das in Ordnung?“

„Ich bin den ganzen Tag zu Hause.“ Louisa lächelte. „Um ehrlich zu sein, ich arbeite an einem Gemälde.“

„Wirklich? Du malst wieder?“

Louisa nickte. „Möchtest du es mal sehen?“

„Liebend gern.“

Louisa führte Grace in ihr Atelier, wo Grace die Anfänge einer winterlichen Farmlandschaft bestaunte. „Es ist wunderschön, Louisa. Du hast dein Fingerspitzengefühl nicht verloren.“ Sie schaute sich im Studio um. An den Wänden lehnten Bilder in allen Größen und mit unterschiedlichen Motiven. „Und was hast du mit den anderen Bildern vor? Willst du irgendwann eine Ausstellung machen?“

Louisa lachte. „Wohl kaum. Das ist mein Ausschuss."

„Ausschuss?" Grace nahm ein Stillleben zur Hand – ein Krug mit leuchtend gelben Sonnenblumen – und betrachtete es. „Das hier könnte ich in einem der Wohnzimmer aufhängen."

„Dann nimm es doch mit", erwiderte Louisa. „Nimm, was immer du brauchst."

Mit dem Gefühl, auf eine Goldader gestoßen zu sein, wählte Grace einige Bilder aus, die sich sehr gut in den Häusern machen würden. „Ich lasse sie noch rahmen, dann sind es echte Schmuckstücke!"

„Ich freue mich, dass ich dir helfen kann." Louisa zwinkerte. „Und gleichzeitig habe ich dadurch mehr Platz für meine neuen Meisterwerke."

***

Gegen Mittag, als sie ihre Arbeit in der Tierklinik beendet hatte, traf sich Cassidy mit Grace vor dem Lagerhaus, in dem ihre Sachen eingelagert waren. Zwar hätte sie jetzt viel lieber einen Hausbesuch gemacht, aber natürlich würde sich der Zeitaufwand, diesen Lagerraum leer zu räumen, am Ende auszahlen. Sie hoffte, dass es nicht allzu viel Zeit in Anspruch nehmen würde.

„Ich habe seit Jahren nicht mehr hier hereingeschaut", gestand Cassidy, als sie das Tor hochschob. Sie schaltete das

Licht ein, ließ ihren Blick über den mit Möbeln vollgestopften Raum wandern – und fühlte sich sofort überfordert. „Du meine Güte! Wo sollen wir denn anfangen?“

„Gleich hier.“ Grace begann, die Möbel herumzuschieben und sich einen Weg durch die Mitte zu bahnen. „Wie gut, dass es heute nicht regnet. Wir können die Sachen nach draußen stellen. Dann laden wir alles, was du nicht behalten willst, in den Umzugswagen, und ich sortiere es später. Einige der Sachen wandern in die neuen Häuser, die anderen werden an die Hilfsorganisation gespendet und dort gelagert. Okay?“

„In Ordnung.“ Cassidy ging zu einer alten Truhe, die seit Generationen in ihrer Familie weitergegeben wurde, wie ihre Mutter ihr erzählt hatte. „Diese Truhe will ich auf jeden Fall behalten.“ Sie hob eine Kiste herunter. „Ich denke, sie würde sich gut in meiner Wohnung machen.“

„Absolut!“, stimmte Grace ihr zu.

Während sie räumten und sortierten und Möbelstücke in den Umzugswagen hoben, plauderten sie angeregt miteinander. Es dauerte nicht lange, bis Cassidy Grace Dinge anvertraute, über die sie sonst nur mit Laura gesprochen hatte.

„Du bist doch nicht dick!“, empörte sich Grace, nachdem sie einen Geschirrschrank in den Umzugswagen geladen hatten. „So etwas will ich nie wieder von dir hören, Cassidy. Du hast nur ein paar wohlgeformte Rundungen. Und sieh doch nur, wie stark du bist. Ohne dich hätte ich das niemals in den Wagen bekommen.“

„Na ja, aber die meisten Männer bevorzugen nun mal schlanke Frauen", erwiderte Cassidy, während sie sich die Hände an ihrer Jeans abputzte.

„Das stimmt nicht." Grace schüttelte entschieden den Kopf. „Ich war sehr schlank, als ich Joel heiratete, und er hat mir inzwischen gestanden, dass ich ihm viel besser gefalle, seit ich nach der Geburt der Zwillinge ein paar Pfunde zugelegt habe. Und das meint er wirklich so. Außerdem habe ich Studien gelesen, wonach die Mehrheit der Männer sagt, dass sie kurvige Frauen schlanken vorziehen. Also sitz doch nicht dieser alten Lüge auf."

„Dorothy Morgan, eine der älteren Damen, deren Tiere ich behandle, und mittlerweile so etwas wie eine gute Freundin, hat mich für heute Abend zum Essen eingeladen. Ich soll ihren Enkel kennenlernen, und sie hat mich ihm angepriesen, als wäre ich etwas ganz Besonderes. Vermutlich erwartet er eine blonde Sexbombe und –"

„Hör bitte auf, dich so herunterzumachen, Cass."

„Ich weiß … das ist dumm. Aber alte Gewohnheiten sind nun mal schwer abzulegen."

„Du hast einem Mann doch so viel zu bieten! Du bist klug, lustig und liebenswert. Du hast studiert und einen tollen Beruf ergriffen." Sie zog Cassidy am Pferdeschwanz. „Und wenn du dich jetzt noch ein bisschen zurechtmachst, wirst du ihm garantiert den Kopf verdrehen."

„Du redest genau wie Laura."

„Danke.“ Grace lächelte triumphierend.

Nur wenige Stunden später hatte Cassidy nicht nur ihren kompletten Lagerraum ausgeräumt, sondern auch eine neue Freundin und Vertraute gefunden. Bis jetzt waren Grace und sie nur nette Bekannte gewesen, ohne sich wirklich nahezustehen. Aber heute war etwas Neues zwischen ihnen entstanden – und das fühlte sich gut an.

***

Belinda hatte gerade die Anprobe mit einem Mädchen aus der Schule beendet, als Cassidy in ihren Laden platzte. „Du musst mir helfen“, bat Cassidy mit Tränen in den Augen.

„Was um alles in der Welt ist denn passiert?“, fragte Belinda und legte ihr Notizbuch aus der Hand.

Cassidy hielt ihr ein zerknittertes weißes Bündel hin. „Die Katze hat ihn getötet.“

„Wen getötet?“ Belinda starrte sie entsetzt an.

„Meinen Engel. Ich weiß nicht, wie das passiert ist, aber manchmal drehen die Katzen irgendwie durch, wenn ich weg bin. Ich habe mit Grace den Lagerraum ausgeräumt, und als ich nach Hause kam, habe ich das hier gefunden.“

Belinda schlug das Tuch zurück und entdeckte die zerpflückten Fetzen aus Spitze, Band und Stoff – die Überreste von Cassidys Engel. „O Cassidy, das tut mir leid!“

„Kannst du ihn reparieren? Du bist die beste Näherin, die ich kenne. Du musst ihn wieder ganz machen."

Belinda legte die einzelnen Teile auf die Ladentheke und setzte sie zusammen, um zu sehen, ob etwas fehlte. „Ich denke schon." Sie lächelte sie traurig an. „Allerdings musst du den Patienten hierlassen." Während sie an den Einzelteilen herumzupfte, ertastete sie etwas Hartes unter dem zerrissenen Kleid des Engels. Es fühlte sich an wie eine kleine Papierrolle. Aus Neugier zog sie die winzige Rolle hervor, die mit einem dünnen Goldfaden zusammengebunden war. „Schau mal!" Sie hielt sie Cassidy hin.

Cassidy öffnete die kleine Schriftrolle und studierte sie aufmerksam, bevor sie die Worte laut vorlas. „‚Herr, ich danke dir dafür, dass du mich so wunderbar und einzigartig gemacht hast! Großartig ist alles, was du geschaffen hast – das erkenne ich! Psalm 139, Vers 14.'" Sie blickte Belinda an. „Wow, das ist ja toll."

„Das scheint Laura für dich dort hineingesteckt zu haben, Cassidy. Wie eine Geheimbotschaft."

„Stimmt." Cassidy konnte den Blick nicht von den Worten lösen. „Ich mag diesen Vers."

„Glaubst du denn, was dort steht?", fragte Belinda sanft. „Dass *Gott* dich gemacht hat und dass du *wunderbar* und *einzigartig* bist?"

Cassidy blickte sie mit tränenverschleierten Augen an. „Um ehrlich zu sein, bin ich mir da nicht so sicher. Aber

ich würde es gern glauben.“ Sie seufzte. „Das ist schon seltsam. Erst heute Nachmittag hat Grace mir etwas Ähnliches gesagt. Sie meinte, ich solle aufhören, mich ständig herunterzumachen.“

„Das hat Grace gesagt?“, fragte Belinda erstaunt.

„Ja. Es war, als würde Laura mit mir reden.“

„Das hat sie gut gemacht.“ Belinda musterte Cassidys Aufmachung. Wie üblich trug sie ihren Tierarztkittel und hatte die Haare zu einem Pferdeschwanz zurückgebunden. „Ich bin gerade ziemlich gut im Aufhübschen“, bemerkte Belinda, ohne lange zu überlegen. „Du weißt schon, wegen der bevorstehenden Modenschau.“

„Und?“

„Wie wäre es, wenn ich dir eine Rundumerneuerung verpasse?“ Belinda lächelte sie hoffnungsvoll an.

„*Mir?*“ Cassidy blickte sie verständnislos an. „Du willst *mich* in deiner Modenschau haben?“

„Nein, so hatte ich das eigentlich nicht gemeint. Aber wenn du willst –“

„Auf keinen Fall!“

„Schon gut. Ich meinte eine klassische Rundumerneuerung. Nur so aus Spaß.“ Belinda packte Cassidy an der Hand und zog sie mit sich. „Wir sind im Hinterzimmer“, rief sie Savannah zu. „Pass bitte auf den Laden auf.“ Sie führte Cassidy zum Anproberaum für die Modenschau, der mit einem Frisiertisch, Schminkutensilien, Haarbürsten und einigen

anderen nützlichen Dingen ausgestattet war. „Du löst deinen Pferdeschwanz und ich bin sofort wieder bei dir.“

Ohne möglichen Protest abzuwarten, huschte Belinda nach draußen, um mit Savannah zu reden. Sie erklärte ihr den Plan und nannte ihr Cassidys Kleidergröße. „Such bitte ein paar hübsche, aber legere Teile für eine Blondine mit blauen Augen zusammen. Sie mag keinen Schnickschnack, sondern eher sportliche Klamotten. Gib dein Bestes, und beeil dich bitte.“

Savannah grinste; sie schien sich auf die Herausforderung zu freuen. Während sie sich den Kleiderständern zuwandte, eilte Belinda zurück, um mit ihrer Arbeit an Cassidy zu beginnen. Sie hoffte nur, dass ihre Freundin noch nicht durch die Hintertür geflüchtet war.

„Was hast du vor?“, fragte Cassidy, während sie nervös ihre Haarmähne schüttelte.

„Etwas, das Laura schon lange tun wollte.“

„Oh.“ Cassidy runzelte die Stirn.

„Vertrau mir, Cass.“

Cassidy entspannte sich ein wenig und lehnte sich auf dem Stuhl zurück. „Okay …“

Während Belinda ihre dichten Haare bürstete, erklärte sie, was ihrer Meinung nach notwendig war, doch als sie Schere und Kamm zur Hand nahm, wirkte Cassidy aufrichtig entsetzt. „Ich bin gelernte Friseurin“, gestand Belinda. „Ich habe zwar keine Lizenz mehr, aber ich nehme ja kein Geld von dir, darum ist das in Ordnung. Mach dir keine Gedanken.“

„Was hast du vor?“, fragte Cassidy zum zweiten Mal.

„Ich werde deine Haare ausdünnen und die Seiten ein wenig durchstufen, damit sie weicher fallen. Aber keine Sorge, ich lasse die Länge, wie sie ist. Ich weiß ja, dass du gern einen Pferdeschwanz trägst. Das wird trotzdem gehen, aber ganz ehrlich, du solltest deine tollen Haare öfter mal offen tragen. Wirklich, sie sind so wunderschön, Cass. Dick und gesund. Und weißt du, wie selten dieses natürliche Blond ist? Wir wollen ja nur, dass es etwas weicher um dein Gesicht fällt.“

„Okay“, stimmte Cassidy unsicher zu.

Und dann drehte Belinda Cass vom Spiegel weg, wie sie das auch immer bei den Mädchen aus der Schule tat, und begann zu schneiden. „Meinen Beruf als Friseurin habe ich aufgegeben, als ich mit Emma schwanger war. Ich konnte nicht mehr den ganzen Tag auf den Beinen stehen. Abends brannten meine Schultern und mein Rücken wie Feuer. Zu dieser Zeit habe ich den Plan gefasst, einen Secondhandladen aufzumachen.“ Belinda erzählte von ihren Anfängen als Ladeninhaberin, während sie gleichzeitig an Cassidys Haaren herumschnippelte, bis sie zufrieden war.

„Darf ich es mir jetzt ansehen?“

„Noch nicht.“ Belinda griff nach den Schminkproben. Sie gehörten zu einer Linie, die sie in ihrem Laden verkaufte, Qualitätsprodukte und nicht ganz billig. „Die Rundumerneuerung ist noch nicht abgeschlossen. Und keine Sorge, ich

verpasse dir einen natürlichen Look", versprach sie Cassidy, während sie ein zartes Rouge auftrug. „Ich unterstreiche deine feinen Gesichtszüge. Du hast so schöne Augen. Und erst dieser Mund!" Sie schnalzte mit der Zunge. „Du kannst Gott danken für deine schönen vollen Lippen."

Cassidy lachte.

„So, da bin ich", erklärte Savannah, als sie mit einem Arm voll Kleidern in den Raum trat und diese an eine Kleiderstange hängte. „Ich habe verschiedene Größen und Stile herausgesucht. Da werdet ihr bestimmt etwas Passendes finden."

Belinda warf einen Blick auf die Kleidungsstücke. „Das sieht gut aus. Danke!"

Es dauerte nicht lange, bis Cassidys Rundumerneuerung abgeschlossen war. Ihre Haare fielen weich um ihr Gesicht. Das Make-up unterstrich ihre natürliche Schönheit. Und die Kombination, für die sie sich schließlich entschieden hatten – eine eng anliegende Jeans, ein Top mit Blumenmuster, eine ausgewaschene Jeansjacke und dezente Accessoires –, stand ihr ausgesprochen gut. Das Mädel sah einfach fantastisch aus.

„Wow!" Belinda starrte ihren Schützling an. „Bist du das wirklich?"

„Lass sehen." Cassidy drehte sich um und betrachtete sich verblüfft im Spiegel. „‚Wow' ist genau das richtige Wort. *Wie hast du das gemacht?*"

„Ich hatte gutes Material, mit dem ich arbeiten konnte.“ Belinda legte den Arm um Cassidys Schultern. „Und damit meine ich dich, Liebes. Du bist wunderschön! Das darfst du niemals vergessen, hörst du?“

„Wow.“ Cassidy zückte ihr Portemonnaie und wollte Belinda die Kleidungsstücke bezahlen.

„Nimm das Geld für den Impfstoff für deine Tiere. Betrachte es als meinen Beitrag zu deinem Engel-Projekt.“ Belinda nahm das zusammengerollte Stück Papier vom Frisiertisch. „Und halte an diesem Vers fest, Cass. In deinem Herzen und in deiner Hand. Ich repariere derweil deinen Engel für dich.“

Cassidy legte die Arme um Belinda. „Vielen Dank!“

„Danke, dass du es mir erlaubt hast.“ Belinda deutete nach oben. „Ich wünschte, Laura könnte dich jetzt so sehen.“

„Wer weiß?“ Cassidy lächelte. „Und habe ich dir eigentlich erzählt, was ich heute Abend vorhabe?“

„Nein. Etwas Besonderes?“

„Na ja, wie man's nimmt. Eigentlich ist es nur ein Abendessen mit einer älteren Dame.“

Belinda versuchte, ihre Enttäuschung zu verbergen. „Auf jeden Fall siehst du toll aus.“

„Aber Dorothys Enkel wird wohl auch vorbeikommen.“ Cassidy grinste. „Sie möchte, dass ich ihn kennenlerne.“

Belinda lachte, und ihr wurde klar, wie passend diese Verschönerung für Cassidy kam. „Du musst mir auf jeden Fall erzählen, wie es war.“ Sie begleitete Cassidy durch den

Laden. „Ich erwarte einen umfassenden Bericht, wenn ich dir deinen Engel zurückgebe."

„Heute warst *du* mein Engel", bemerkte Cassidy glücklich. „Danke für alles!"

***

Am Ende ihres Arbeitstages hatte Grace das Gefühl, gute Fortschritte gemacht zu haben. Von Louisa und Cassidy hatte sie wirklich ein paar schöne Möbelstücke bekommen. Nicht die Möbel, die sie sonst für die Inneneinrichtung eines Hauses verwenden würde, aber sie waren robust und dienten ihrem Zweck. Was wollte sie mehr? Außerdem hatte sie noch nicht gesehen, was Belinda beisteuern würde. Das hatte sie sich für morgen vorgenommen. Sie hoffte auf ein paar Accessoires, die den eher schlichten Einrichtungsgegenständen das gewisse Etwas verleihen würden.

Als sie ihren Blick durch den Lagerraum hinter ihrem Büro wandern ließ, wurde ihr einmal mehr bewusst, dass sie mit den vorhandenen Mitteln nicht das verwirklichen konnte, was sie sich ursprünglich vorgestellt hatte. Aber irgendwie musste sie ein brauchbares Konzept daraus erarbeiten. Sie musste aus diesen zusammengewürfelten Möbelstücken drei hübsche Räume zaubern. Okay, vielleicht nicht hübsch – an diesem Punkt wäre sie schon mit funktional zufrieden. Funktional mit einem Hauch von Stil.

Während sie sich die einzelnen Möbelstücke genau ansah, Maß nahm und sich ein Konzept für jeden der drei Räume überlegte, musste sie daran denken, wie Louisa darauf bestanden hatte, für Graces Projekt zu beten. Und jetzt, weniger als vierundzwanzig Stunden später, war sie ihrem Ziel tatsächlich ein Stück näher gekommen. Das war ein kleines Wunder. Auch wenn noch ein langer Weg vor ihr lag, hatte sie Grund zu feiern.

Ihr war auch bewusst, dass sie sich unbedingt mit Joel aussprechen musste. Oder es zumindest versuchen sollte. Seit ihrem Ausbruch am Abend zuvor hatten sie kein Wort mehr miteinander gewechselt. Sie überlegte, sich per SMS bei ihm zu entschuldigen, aber das erschien ihr zu flach und heuchlerisch. Sie würde heute Abend lieber persönlich mit ihm reden.

Doch zuerst musste sie noch bei dem dritten *Habitat*-Haus vorbeifahren und die Familie kennenlernen, die dort einziehen würde. Das hatte sie versprochen. Sie waren die Einzigen, die sie noch nicht getroffen hatte, und als Innenarchitektin wusste sie, wie wichtig die persönliche Verbindung zu den Kunden war. Sie musste ein Gefühl für diese Familie bekommen, um herauszufinden, wer sie waren und was ihnen wichtig war. Nicht dass sie viele Möglichkeiten hatte, das in ihrem Konzept zu berücksichtigen. Aber sie würde es zumindest versuchen.

Vor dem Haus stand ein ziemlich verbeulter blauer Klein-

bus, und sie vermutete, dass er den neuen Besitzern gehörte. Von ihnen wusste sie nur, dass es eine vierköpfige Familie war, die irgendeine Verbindung zum Militär hatte.

Innerlich bereitete sich Grace auf eine herzzerreißende Geschichte vor, wie sie sie von den anderen Familien kannte, doch als sie die attraktive junge Frau im Rollstuhl vor sich sah, verschlug es ihr die Sprache. „Hallo“, begrüßte die Frau sie fröhlich. „Kommen Sie doch herein.“

Grace stellte sich vor und erklärte den Grund ihres Kommens.

„Ich bin Amy“, erwiderte die Frau freundlich. „Mein Mann Josh und die Zwillinge sind draußen und planen einen Spielplatz – eine Festung oder so etwas. Ich weiß nicht so genau, was Josh im Sinn hat.“

„Sie haben Zwillinge?“, stammelte Grace und bemühte sich, nicht auf Amys fehlende Beine zu starren.

„Ja. Caleb und Callie. Sie sind jetzt siebeneinhalb Jahre alt – und halten mich ganz schön in Trab.“

„Das kann ich mir vorstellen.“ Grace zwang ein Lächeln auf ihr Gesicht. „Ich meine, ich weiß wirklich, wovon Sie reden, denn ich habe auch Zwillinge. Einen Jungen und ein Mädchen, genau wie Sie. Aber meine Kinder sind schon zwanzig. Und, um ehrlich zu sein, sie halten mich immer noch in Trab.“

Amy lachte. „Na, das ist ja nicht besonders ermutigend.“

„Das stimmt. Aber sieben ist ein schönes Alter“, erwiderte

Grace schnell. „Sie glauben vermutlich immer noch an den Nikolaus, richtig?“

Amy senkte den Blick. „Das weiß ich nicht. Als ich nach Hause kam … in diesem Zustand … ich glaube, da haben sie angefangen, viele Dinge zu hinterfragen.“

„Amy!“, rief ein Mann, begleitet von aufgeregt schnatternden Kinderstimmen. „Da ist jede Menge Platz. Unendlich viel Platz im Garten für –“ Als er Grace entdeckte, brach er ab. „Entschuldigung. Ich wusste nicht, dass noch jemand da ist.“

Nachdem sie sich einander vorgestellt hatten, erzählte Josh von seinen Bemühungen, ein *Habitat*-Haus zu bekommen, seit Amy nach Übersee geschickt worden war. Und dass im Sommer sein Wunsch endlich in Erfüllung gegangen sei. „Aber natürlich hätten wir nie gedacht, dass wir ein komplett eingerichtetes Haus bekommen“, erklärte er. „Nicht dass wir uns darüber beklagen wollen. Ganz im Gegenteil, wir könnten nicht glücklicher sein! Die Kinder und ich haben bei meiner Mutter gelebt, während Amy in Übersee im Einsatz war, darum besitzen wir so gut wie keine Möbel. Wir sind sehr froh über das, was Sie für uns tun. Das wird das schönste Weihnachtsfest, das wir je hatten.“ Er legte die Hand auf Amys Schulter. „Wir alle wieder zusammen – in unserem eigenen Heim.“

„Nun, ich bin nur vorbeigekommen, um Sie kennenzulernen und ein Gefühl dafür zu bekommen, was Sie gern

mögen." Grace lächelte unsicher. „Nicht dass wir eine große Auswahl hätten, da der Plan sozusagen schon fertig ist." Sie wollte nicht zugeben, dass ihr Plan darin bestand, die ausrangierten Möbel ihrer Freundinnen bestmöglich zu nutzen. „Aber was mögen Sie denn eigentlich? Welchen Stil und welche Farben bevorzugen Sie, und welche mögen Sie überhaupt nicht?"

„Uns ist das eigentlich ziemlich egal", erwiderte Amy. „Wir wollen nur zusammen sein – und es bequem haben. Ich bin sicher, dass Sie schon das Richtige für uns aussuchen werden."

„Dieses Haus ist speziell auf Amys Bedürfnisse ausgerichtet", erklärte Josh. „Breite Flure und Türen und vorne eine Rampe, die Sie ja bereits gesehen haben."

„Bis ich meine Prothesen bekomme", stellte Amy klar. „Dann brauche ich sie hoffentlich nicht mehr. Aber das kann noch ein Jahr oder länger dauern. Es gibt eine lange Warteliste."

Grace nickte. „Und welche ist Ihre Lieblingsfarbe?", fragte sie Amy.

„Blau", erwiderte Amy. „Aber um ehrlich zu sein, ich weiß gar nicht, ob ich so viel Blau im Haus haben möchte. Außer vielleicht ein sanftes Meeresblau. Das wäre schön."

Grace notierte sich das und stellte noch ein paar weitere Fragen. Amy bevorzugte einen modernen Stil, und Josh sagte, er würde sich über einen großen Fernseher freuen.

Während sich Grace Notizen machte, wünschte sie, es gäbe wirklich einen Nikolaus, dem sie ihre Liste vorlegen konnte. Die Chance, diesen Raum so hinzubekommen, wie ihn sich die Familie wünschte, war gering. Aber sie würde es auf jeden Fall versuchen.

Schließlich verabschiedete sie sich unter dem Vorwand, jetzt nach Hause fahren zu müssen, und eilte nach draußen. Wie gern sie alle ihre Wünsche erfüllen würde, dachte sie auf der Heimfahrt. Eigentlich waren es bescheidene Wünsche. Als sie in ihre Garage fuhr, wurde ihr schmerzlich bewusst, dass es noch viel mehr Dinge gab, für die sie dankbar sein konnte. Zwei gesunde Beine zum Beispiel.

Auf dem Weg ins Haus fiel ihr ein, dass sie sich noch bei Joel entschuldigen musste. Da sein Wagen nicht in der Garage stand, ging sie davon aus, dass er noch nicht zu Hause war. Und vielleicht war das sogar gut.

Sie trug die Lebensmittel, die sie auf dem Heimweg eingekauft hatte, in die Küche. Sie würde ein schönes Versöhnungsabendessen kochen – und sich aufrichtig entschuldigen. Doch zuerst zündete sie im Wohnzimmer den Kamin an. Wenn Joel nach Hause kam, sollte alles vorbereitet und gemütlich sein. Schließlich hatte er ja gestern Abend auch für sie Feuer gemacht.

Es machte ihr Spaß, in der Küche herumzuwerkeln. Um 18:30 Uhr hatte sie den Tisch schön gedeckt, die Kerzen angezündet und ein leckeres Essen auf dem Herd. Sogar ein

paar Appetithäppchen standen auf der Kochinsel. Und im Wohnzimmer flackerte ein fröhliches Feuer im Kamin. Alles war vorbereitet für ihre Versöhnung. Aber wo blieb Joel?

Gegen 19:30 Uhr war das Abendessen fertig und stand zum Warmhalten im Ofen, und obwohl sie ihm mehrere SMS geschickt hatte, hatte sie noch nichts von ihrem Mann gehört. Aus Sorge, es könnte etwas passiert sein, beschloss sie schließlich, ihn anzurufen.

„Ich habe dir doch letzte Woche gesagt, dass heute Abend unsere Weihnachtsfeier im Büro ist", erklärte er ihr mit einem Hauch von Ungeduld in der Stimme. „Du hast gesagt, dass du nicht mitkommen willst, schon vergessen?"

„Ach ja." Sie ließ sich in einen Sessel fallen. „Das habe ich wirklich vollkommen vergessen. Ich wollte mich nur davon überzeugen, dass alles in Ordnung ist. Entschuldige bitte, dass ich dich gestört habe."

„Mir tut es leid, dass du nicht hier bist", erwiderte er wenig überzeugt. „Eine tolle Party. Gutes Essen und gute Musik. Und es werden alberne Spiele mit einigen netten Preisen gespielt."

„Dann viel Spaß", sagte sie und spürte, wie ihre Kehle eng wurde. „Bis nachher." Damit legte sie auf und begann zu weinen. Sie spürte ein Gefühl von Sehnsucht in sich aufkeimen. Wonach, das konnte sie jedoch nicht sagen.

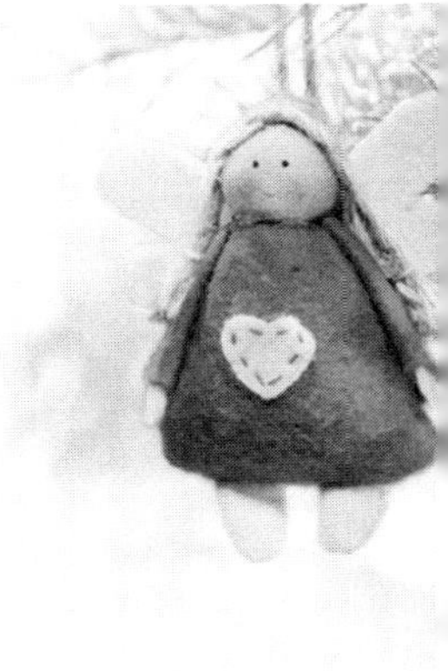

Kapitel 11

Cassidy wusste nicht, warum sie überhaupt so nervös war. Schließlich war sie bei Dorothy Morgan doch nur zum Abendessen eingeladen. Vielleicht würde Dorothys Enkel kurz vorbeikommen, vielleicht aber auch nicht. Dorothy wusste es nicht so genau. Auf jeden Fall war es gut möglich, dass sie mit der alten Dame und der Katze allein wäre. Und das war vollkommen in Ordnung.

„Kommen Sie doch bitte herein“, forderte Dorothy sie herzlich auf. „Sie sehen so hübsch aus! Ich habe Sie noch nie mit offenen Haaren gesehen, Cassidy. Das steht Ihnen wirklich gut. Kommen Sie, ich nehme Ihnen die Jacke ab.“

Cassidy zog ihren Parka aus und reichte ihn ihr.

„Brent ist in der Küche beschäftigt. Er hilft mir beim Abendessen. Hatte ich erwähnt, dass mein Enkel ein fabelhafter Koch ist?“

Nur mit Mühe gelang es Cassidy, ihr Erstaunen zu verbergen – nicht darüber, dass Brent das Abendessen kochte, sondern dass er tatsächlich gekommen war. Während Doro-

thy ihr aufgeregt berichtete, wie viel besser es Buster, dem Hund ihres Nachbarn, bereits ging, stellte sich Cassidy Brent plötzlich als kleinen, kahlköpfigen Mann mittleren Alters vor, der kein Wort mit ihr sprach und am Tisch in den Zähnen pulte. Okay, sie wusste, dass diese Vorstellung kindisch und sehr oberflächlich war, aber sie wollte sich ganz bewusst keine Hoffnungen machen. Falls Brent ihre Erwartungen tatsächlich enttäuschte, wollte sie zumindest darauf vorbereitet sein.

„Hallo?“, ertönte eine Männerstimme aus der Küche. Als Cassidy sich umdrehte, stand sie vor einem großen, schlanken Mann mit dunklen Locken, der sie angrinste. „Sie haben es geschafft.“

Während Dorothy sie einander vorstellte, gab sich Cassidy Mühe, den gut aussehenden Mann, der ihr die Hand schüttelte, nicht anzustarren. „Wie gefällt Ihnen meine Schürze?“ Grinsend deutete er auf das Blumenmuster. „Oma hat darauf bestanden.“

„Um dein schönes Hemd zu schonen“, erklärte Dorothy, während sie ihm die Schleife aufband. „Brent ist ein guter Koch, aber ein wenig unordentlich.“

„Und die Tomatensoße hat gespritzt.“ Er lächelte Cassidy an. „Ich hoffe, Sie mögen italienisches Essen.“

„Sehr gern sogar!“

„Und Sie sind keine Vegetarierin, vertragen Milchprodukte und haben auch keine Weizenallergie, oder?“

„Nein. Keine Allergien, keine sonstigen Einschränkungen."

„Cool. Als Oma mir sagte, dass Sie Tierärztin sind, habe ich schon befürchtet, Sie könnten Vegetarierin sein." Er lächelte. „Dann hätte es mit meinen berühmten Fleischbällchen wohl ein Problem gegeben."

„Ich liebe Fleischbällchen." Cassidy mochte diesen Mann auf Anhieb. „Aber ich kann kaum glauben, dass Sie das Kochen übernommen haben. Das ist so nett von Ihnen."

„Na ja, das ist meine Art, Ihnen zu danken, dass Sie Omas Katze behandelt haben. Sie hat mir erzählt, was Sie für Muffin getan haben und dass Sie auch ihren Nachbarn helfen. Und da dachte ich, diese Frau muss ich kennenlernen."

Dorothy grinste triumphierend. „Habe ich Ihnen nicht gesagt, dass er ein netter Junge ist?" Sie stupste Cassidy sanft mit dem Ellbogen in die Seite.

„Das Essen ist jetzt fast fertig", erklärte er. „Vielleicht könnten die Damen den Tisch fertig decken."

Cassidy spürte neue Hoffnung in sich aufsteigen, doch während sie den Tisch deckte, machte sie sich bewusst, dass damit, dass sie Brent mochte, noch längst nicht das Ziel erreicht war. Es wäre nicht das erste Mal, dass es bei einer ersten Begegnung blieb. Auf jeden Fall würde sie Vorsicht walten lassen. Ja, Brent gefiel ihr. Sie fand ihn interessant und sehr witzig. Aber sie wusste auch, dass sie mit ihrer ungezügelten Begeisterung schon mehr als einen Mann vergrault

hatte. *Bleib cool*, ermahnte sie sich, als sie schließlich an dem kleinen Esstisch Platz nahmen.

Wie beim letzten Mal sprach Dorothy ein kurzes Tischgebet, und während des Essens verfielen sie in eine leichte und angenehme Plauderei. Cassidy spürte, wie sie mehr und mehr entspannte. Das erlebte sie zum ersten Mal in der Gesellschaft eines attraktiven Mannes. Aber natürlich war dies ja keine Verabredung. Es war nur ein Abendessen.

„Sie arbeiten also in der Tierklinik von Dr. Auberon?", fragte Brent und griff nach der Salatschüssel.

„Ja. Ich war sehr froh, als ich unmittelbar nach meinem Examen dort eine Halbtagsstelle bekommen habe. Seitdem sind fast fünf Jahre vergangen."

„Das verstehe ich nicht", bemerkte Dorothy. „So eine gute Tierärztin wie Sie, und Sie haben nur einen Halbtagsjob? Das erscheint mir irgendwie ungerecht."

„Aber deshalb haben Sie Zeit für Ihre Hausbesuche, nicht?", fragte Brent.

Cassidy nickte, während sie ein wenig Dressing auf ihren Salat löffelte. „Um ehrlich zu sein, bin ich gerade dabei, meine berufliche Laufbahn zu überdenken."

„Sie wollen doch Ihren Job als Tierärztin nicht aufgeben, oder?"

„Nein, ich bin gern Tierärztin. Ich liebe Tiere. Aber ich denke, in dieser Stadt fehlen mobile Tierärzte. Ich habe überlegt, einen Kleinbus zu kaufen und als mobile Tierklinik her-

zurichten – vielleicht sogar mit einer OP-Einheit. Nicht für größere Operationen, sondern für Kastrationen und einfache Eingriffe. Ich brauche vermutlich auch sterile Zwingereinheiten, in denen sich die Tiere von den Eingriffen erholen können. Über die Einzelheiten muss ich mir noch Gedanken machen, aber ich denke, ich könnte das mit recht einfachen Mitteln hinbekommen. Dann müsste ich den Tierhaltern auch nicht so viel berechnen. Und für die Tiere wäre es viel entspannter, wenn sie sich in ihrem eigenen Zuhause erholen könnten.“

„Das ist eine tolle Idee!“ Brent strich Butter auf ein Brötchen.

„Das finde ich auch“, stimmte Dorothy zu. „Ich muss zugeben, dass mich der Gedanke, Muffin über Nacht in der Tierklinik zu lassen, sehr beunruhigt hat. Ich habe mir Sorgen gemacht, dass es ihn vielleicht zu sehr aufregt. Aber ich hatte ja keine andere Wahl.“

„Wenn Tiere ernsthaft krank sind oder starke Medikamente bekommen haben, nehmen sie ihre Umgebung nicht so deutlich wahr“, beruhigte Cassidy sie. „Aber manche Tiere werden an einem fremden Ort tatsächlich sehr unruhig.“

„Das glaube ich gern“, stimmte Dorothy ihr zu. „Tiere sind in dieser Hinsicht nicht anders als Menschen. Sie kennen ihre Besitzer und ihr Heim. Da ist es doch nachvollziehbar, dass sie in ihrer gewohnten Umgebung schneller wieder gesund werden.“

„Der Meinung bin ich auch“, bestätigte Cassidy.

„Ich habe mal einen Artikel über eine Frau gelesen, die behauptet, mit Tieren reden zu können“, berichtete Brent. „Sie ist eine Art Hundeflüsterin. Auf jeden Fall erzählte sie, dass viele Tiere vor dem Besuch beim Tierarzt Angst haben und sehr verunsichert sind.“ Er lachte. „Das haben ihr die Tiere offensichtlich verraten.“

„Ich habe das Buch dieser Autorin im College gelesen“, warf Cassidy begeistert ein. „Auch wenn ich sie für etwas verrückt halte, stimme ich ihr in einigen Punkten zu. Ihre Sicht der Dinge hat mir geholfen, mehr Mitgefühl mit den Tieren zu haben. Verstehen Sie mich nicht falsch. Mein Chef hat wirklich viel Erfahrung, und das erkenne ich an. Dr. Auberon praktiziert schon länger als Tierarzt, als ich auf der Welt bin. Aber seine Behandlungsmethoden sind ein wenig veraltet. Mir wirft er immer vor, die Tiere zu verhätscheln.“

„Du meine Güte, man sollte doch meinen, er würde sich darüber freuen“, wandte Dorothy ein.

„Wenn ich ein Haustier hätte, dann würde ich wollen, dass es von einem Tierarzt behandelt wird, der ein wenig Mitgefühl an den Tag legt“, versicherte ihr Brent.

„Ich auch“, stimmte Cassidy zu. „Darum versuche ich, mich in die Gefühle der Tiere hineinzuversetzen. Ich meine, stellen Sie sich mal vor, Sie wären ein Hund oder eine Katze und Ihr Besitzer würde mit Ihnen zum Tierarzt gehen. Alles ist fremd und riecht auch so. Ihr geliebtes Herrchen oder

Frauchen lässt Sie ganz allein dort zurück. Und auf einmal reden Fremde mit Ihnen, untersuchen Sie und sperren Sie in einen kleinen Käfig. Und dann hören Sie andere verängstigte Tiere die ganze Nacht lang heulen und jaulen. Wäre das nicht schrecklich?“

„Ach du meine Güte!“ Dorothy runzelte die Stirn. „Vielleicht war das ja ein weiterer Grund, warum ich mit Muffin nicht zum Tierarzt gehen wollte.“

„Verstehen Sie mich nicht falsch“, stellte Cassidy klar. „Es gibt viele Situationen, in denen eine gute Tierklinik den Tieren das Leben rettet. Aber es gibt auch viele Behandlungen, die nicht unbedingt in der Tierklinik vorgenommen werden müssen.“

„Und es gibt Menschen, die sich das auch gar nicht leisten können“, erinnerte Dorothy sie.

Sie unterhielten sich weiter über die mobile Tierklinik, überlegten gemeinsam und entwickelten verschiedene Ideen, wie Cassidys Vorhaben gelingen könnte. Cassidy fühlte sich sehr wohl – und ihre Zuneigung zu Brent wuchs immer mehr. Aber sie versuchte, sich nichts anmerken zu lassen.

Nach dem Essen half sie beim Aufräumen, und Dorothy entschuldigte sich dafür, dass sie kein Dessert vorbereitet hatte. „Ich hatte gehofft, ich könnte euch beide losschicken, um Eiscreme zu holen.“ Sie zwinkerte Cassidy zu, als hätte sie das von Anfang an geplant. „Es gibt eine richtig gute Eisdiele nur wenige –“

„Tut mir leid, Oma.“ Brent bückte sich, um Dorothy einen Kuss auf die Wange zu drücken. „Aber heute Abend nicht.“

„Warum?“ Dorothy runzelte die Stirn. „Hast du noch etwas anderes vor?“

„Ich muss mich um etwas kümmern – und zwar jetzt gleich.“ Er hängte das Geschirrtuch auf. „Wenn die Damen mich also entschuldigen würden? Ich muss mich leider verabschieden und das Geschirr Ihnen überlassen.“

„Kein Problem, ich mache das.“ Cassidy zwang ein, wie sie hoffte, aufrichtiges Lächeln auf ihr Gesicht. „Danke für das leckere Essen.“

„Ja, vielen Dank.“ Dorothy wirkte immer noch ein wenig irritiert. „Und du musst wirklich sofort los?“

Er lächelte sie entschuldigend an. „Leider ja. Geht nicht anders.“

Zu Cassidy sagte er noch, er habe sich gefreut, sie kennenzulernen, schnappte sich seine Jacke und verschwand durch die Tür.

„Das tut mir so leid“, sagte Dorothy zu Cassidy. „Brent ist normalerweise nicht so unhöflich.“

„Das war doch nicht unhöflich“, winkte Cassidy ab. „Er hat einfach noch etwas anderes zu erledigen.“ Sie legte die Hand auf Dorothys Schulter und führte sie ins Wohnzimmer. „Und ich bestehe darauf, dass Sie jetzt die Füße hochlegen, während ich mich um das Geschirr kümmere.“

Dorothy wollte protestieren, aber Cassidy ließ das nicht

zu. Nachdem Dorothy schließlich in ihrem Fernsehsessel saß und eine Quizshow eingeschaltet hatte, kehrte Cassidy in die Küche zurück. Während sie aufräumte und das Geschirr spülte, tröstete sie sich damit, dass sie das ja bereits kannte. Es war immer das Gleiche mit ihr und den Männern. Man lernte sich ein wenig kennen und gab sich eine Zeit lang herzlich, doch bevor der Abend zu Ende war, verloren die Männer das Interesse an ihr. Normalerweise gab sie sich die Schuld daran, weil sie zu übereifrig war, aber das war heute Abend ganz sicher nicht der Fall gewesen.

Natürlich hatte sie das Gespräch bestimmt. Das hatte gar nicht in ihrer Absicht gelegen, doch Brent und Dorothy hatten so viel Interesse gezeigt und immer wieder nachgefragt … und dabei eigene Ideen entwickelt. Aber vielleicht waren sie einfach nur höflich gewesen. Und was machte das schon? So etwas erlebte sie immer wieder. Mit Männern hatte sie einfach kein Glück. Je früher sie ihr Schicksal akzeptierte, eine alte Jungfer mit Katze zu werden, desto besser. Wenn sie ihr Herz nicht einem Mann vor die Füße warf, der darauf herumtrampelte, konnte es auch nicht gebrochen werden. Trotzdem, sie hatte Brent eigentlich ganz anders eingeschätzt. Aber sie hatte sich wohl geirrt. Wieder einmal.

***

Grace hatte sich für Samstag mit Belinda in deren Laden verabredet. Gemeinsam wollten sie schauen, was sie für das *Habitat*-Projekt gebrauchen konnte. Sie hatten vereinbart, sich gleich morgens zu treffen, noch bevor der Laden aufmachte, da Belinda an diesem Tag auf viel Kundschaft hoffte. Angesichts der Tatsache, dass die Kunden, die auf der Suche nach Weihnachtsgeschenken waren, nach der Weihnachtsparade am Vormittag in der Stadt ausschwärmen würden, war das nachvollziehbar. Aber es bedeutete auch, dass Grace früh aufstehen musste, während Joel, der von seiner Weihnachtsfeier noch ganz erledigt war, ausschlafen konnte. Vielleicht war das gut so, weil sie wegen ihres ruinierten Abendessens immer noch sauer war. Das war zwar kindisch, aber so fühlte sie sich nun mal.

„Ich habe Kaffee mitgebracht", verkündete Grace und reichte Belinda einen Milchkaffee.

„Du bist ein Engel!" Belinda lachte, während sie daran schnupperte. „Oh, stimmt ja, das sind wir ja alle."

„Ich fühle mich aber leider nicht so", gestand Grace, als Belinda sie in ihren Lagerraum führte. „Wenn du wüsstest, was ich meinem Mann gestern am liebsten angetan hätte –"

Sie brach ab und wand sich verlegen, weil sie das gerade laut ausgesprochen hatte.

„Was wolltest du ihm denn antun?" Belindas dunkle Augen funkelten vor Neugier. Sie lehnte sich an einen Schrank und trank genüsslich einen Schluck Kaffee.

Grace winkte ab. „Du weißt ja, wie das ist. Er hat mich versetzt – und ich hätte ihm am liebsten einen Tritt in den Hintern verpasst.“ Sie lachte. „Keine große Sache.“

„Was ist denn passiert?“, drängte Belinda sie sanft. „Ich dachte immer, ihr beide steht euch besonders nah. Das hat jedenfalls Laura gesagt, nachdem ihr im letzten Jahr gemeinsam mit ihr und Clayton im Urlaub wart.“

Und auf einmal konnte sich Grace Belinda gegenüber öffnen. Sie schüttete ihr Herz aus und erzählte, dass sie und Joel sich im Augenblick überhaupt nicht verstehen würden, seit sie zu Thanksgiving wegen der Zwillinge gestritten hätten. „Wenn ich ehrlich bin, hat das schon vorher angefangen. Aber zu Thanksgiving ist die Situation eskaliert. Jetzt streiten wir irgendwie nur noch miteinander“, gestand sie traurig. „Sogar über Kleinigkeiten. Und mir ist durchaus bewusst, dass es oft an mir liegt. Ich bin gestresst wegen meines Engel-Projekts, weil ich weiß, dass ich mir mehr vorgenommen habe, als ich verwirklichen kann. Und ich hätte gedacht, dass Joel mehr Verständnis zeigen oder mir sogar seine Hilfe anbieten würde. Aber das tut er nicht.“

„Vielleicht denkt er, dass du das ganz gut allein meistern wirst. Und wir Mädels werden dir auch helfen, so gut wir können. Cassidy hat erzählt, dass du momentan ganz gut vorankommst.“ Belinda deutete auf eine Frisierkommode und einen Spiegel, die in einer Ecke aufgebaut waren, und erklärte, dass sie Cassidy gestern eine Rundumerneuerung

verpasst habe. „Ich wollte sie in ihrem Selbstbewusstsein stärken. Cass meinte, du hättest ihr in dieser Hinsicht ebenfalls gut zugeredet.“

„Allerdings.“ Grace nickte lebhaft. „Ich bin so froh, dass du das gemacht hast. Wie sah sie denn aus?“

„Richtig gut. Und sie hatte gestern Abend sogar eine Verabredung. Nun, sie hat das nicht gerade eine Verabredung genannt. Sie hat die alte Dame besucht, von der sie neulich erzählt hat. Und ihr Enkel war wohl auch dort. Auf jeden Fall war Cass bester Laune, als sie von hier aufgebrochen ist.“ Belinda nahm einen Engel zur Hand. „Den haben ihre Katzen zerfleddert“, erklärte sie, während sie ihn an ihrem Finger baumeln ließ.

„Aber er sieht doch ganz okay aus.“ Grace beugte sich vor, um ihn genauer anzuschauen.

„Er hat eine Engel-Operation hinter sich.“ Belinda erzählte Grace von dem Bibelvers, der unter dem Spitzenkleid des Engels versteckt gewesen war. „Das war der Vers, in dem steht, dass Gott uns wundervoll gemacht hat. Ich glaube, er sollte ein Anstoß für Cassidy sein, sich selbst mehr wertzuschätzen.“

„Das ist unglaublich! Genau das habe ich ihr gestern auch gesagt“, berichtete Grace.

„Ich bin mir fast sicher, dass Laura in jedem unserer Engel einen Vers versteckt hat.“

„Meinst du?“

„Ja. Meinen habe ich gestern Abend gefunden.“

„Wie lautet er denn?“

„Ich habe ihn nicht dabei, aber als ich ihn las, fiel mir wieder ein, dass meine Großmutter ihn mir oft vorgelesen hat. Er steht in Jeremia 29, Vers 11: ‚Denn ich allein weiß, was ich mit euch vorhabe: Ich, der Herr, habe Frieden für euch im Sinn und will euch aus dem Leid befreien. Ich gebe euch wieder Zukunft und Hoffnung. Mein Wort gilt!‘“ Belinda lächelte.

„Das ist sehr ermutigend.“

„Allerdings.“

Grace verzog das Gesicht. „Vielleicht sollte ich mal nachsehen, ob auch in meinem Engel eine geheime Botschaft an mich steckt. Vermutlich wird sie mir sagen, dass ich nicht so hart mit meinem Mann ins Gericht gehen soll.“ Sie grinste Belinda an. „Ich hatte wirklich vor, mich gestern Abend bei Joel zu entschuldigen. Ich habe leckeres Essen gekocht und Feuer im Kamin gemacht. Aber er war bei dieser blöden Weihnachtsfeier seiner Firma und hat sich wohl zu gut amüsiert, um seiner armen, einsamen Frau Gesellschaft zu leisten. Erst weit nach Mitternacht ist er nach Hause gekommen.“

„Warum hast du ihn nicht begleitet?“

Grace zuckte die Schultern. „Ich weiß auch nicht …“ Aber eigentlich wusste sie es doch. Denn als er sie eingeladen hatte, ihn zu begleiten, wollte sie nicht mitkommen, weil sie böse auf ihn gewesen war. Damit wollte sie ihn bestrafen. Aber am Ende hatte sie nur sich selbst bestraft.

„Ich bin neugierig, Grace. Ihr streitet also wegen der Kinder und weil sie nicht ordentlich lernen und somit das Geld, das ihr für die Ausbildung zahlt, vergeudet ist? Habe ich das richtig verstanden?“

Grace nickte bedrückt.

„Hat Joel dich jemals betrogen?“ Belindas Augen zogen sich leicht zusammen.

„Nein.“

„Und er ist kein Alkoholiker, kein Spielsüchtiger, kein Gewalttäter oder so etwas?“ Belinda musterte Grace sehr eindringlich.

„Nein, nichts dergleichen.“ Unbehaglich runzelte Grace die Stirn. „Er ist ein sehr anständiger Mann. An guten Tagen ist er sehr liebenswert.“

„Soll ich ehrlich sein?“ Belinda seufzte. „Wenn mein Mann ein wenig mehr wie Joel gewesen wäre, dann wäre ich wohl immer noch verheiratet. Und wenn er mich gebeten hätte, ihn zur Weihnachtsfeier zu begleiten, dann wäre ich mit Freuden an seiner Seite gewesen.“

Nun begann Grace zu weinen.

„Entschuldige bitte.“ Belinda legte ihr die Hand auf den Rücken. „Das hätte ich nicht sagen sollen. Laura hat mir immer geraten, nicht alles auszusprechen, was mir in den Sinn kommt. Wie du siehst, bin ich immer noch dabei zu lernen.“ Sie reichte Grace ein Taschentuch.

Grace putzte sich die Nase. Sie wusste natürlich, dass

Belinda sie nicht hatte verärgern wollen. Sie war einfach nur ehrlich. Belindas Mann hatte sie betrogen und war ihr gegenüber auch gewalttätig geworden. Laura hatte erzählt, es sei ein Segen, dass er Belinda kurz nach Emmas Geburt verlassen habe. Aber das war vor mehr als zwanzig Jahren gewesen. Niemand konnte verstehen, warum eine Frau, die so schön, liebenswert und intelligent war wie Belinda, all die Jahre allein geblieben war. Laura meinte, sie habe das wegen Emma getan. Belinda hatte wohl ganz für ihre Tochter da sein wollen.

Wenn Grace gerade nicht so sehr mit ihren eigenen Problemen beschäftigt gewesen wäre, hätte sie Belinda danach gefragt. Doch sie war kaum in der Lage, ihre Gefühle unter Kontrolle zu halten, als sie durch Belindas Lagerraum streiften und Dekogegenstände für die *Habitat*-Häuser aussuchten.

„Danke für die tollen Sachen“, bedankte sich Grace bei Belinda, während diese die Ladentür aufschloss. „Sie werden die Räume wohnlicher machen. Am Montag schicke ich das Umzugsteam, um sie abzuholen.“ Grace umarmte Belinda. „Und danke, dass du mir zugehört und Klartext mit mir geredet hast. Irgendwie hat mich das an Laura erinnert.“

„Wirklich?“ Belinda wirkte hoffnungsvoll.

„Laura hätte das auch gesagt, aber vielleicht nicht ganz so unverblümt.“

Belinda verzog das Gesicht.

„Ich glaube allerdings, ich habe genau das gebraucht."

„Savannah und ich wollen uns gleich die Parade anschauen." Belinda begleitete Grace hinaus. „Hast du nicht Lust, dich uns anzuschließen?"

„Klingt gut, aber ich muss zurück ins Büro und mich an die Arbeit machen. Durch das Engel-Projekt komme ich kaum dazu, mich um meine anderen Aufträge zu kümmern."

„Das ist schade. Wenn du deine Meinung doch noch änderst, bist du herzlich willkommen."

Grace bedankte sich erneut, aber sie wusste, dass sie ganz bestimmt nicht kommen würde. Nicht weil sie keine Lust hatte, sondern weil sie aufgrund ihres Engel-Projekts mit ihrer eigentlichen Arbeit tatsächlich im Rückstand war. Ihre zahlenden Kunden würden zwar Verständnis zeigen, zumindest während der Feiertage. Aber spätestens nach Weihnachten würden sie erwarten, dass Graces Konzept für ihre Wohnungen stand. Eine Kundin, die im Dezember auf Hawaii Urlaub machte, wollte ihre Wohnung zur großen Silvesterparty ganz neu gestaltet haben. Grace hatte also keine Zeit für Paraden oder Partys – sie hatte zu arbeiten.

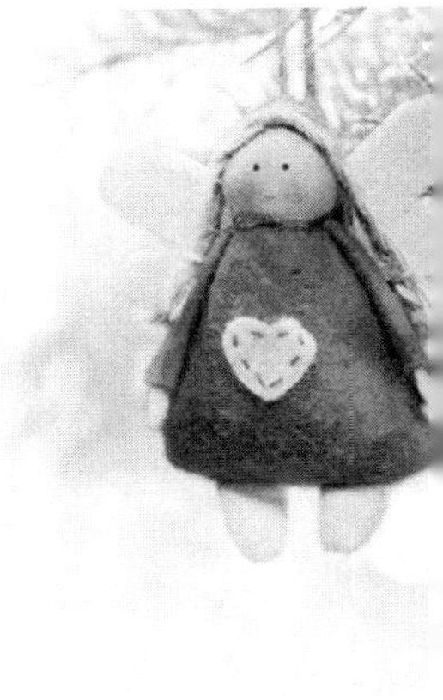

Kapitel 12

In ihrem Studio war es still und dunkel, als Grace durch die Hintertür eintrat. Typisch für einen Samstag – und ein wichtiger Grund, warum sie häufig am Wochenende arbeitete. Ohne Ablenkungen und Unterbrechungen schaffte sie mehr als doppelt so viel wie an einem normalen Arbeitstag. Sie schaltete das Licht in ihrem Loft ein und öffnete die Rollos, um noch mehr Licht hereinzulassen. Unten auf der Straße versammelten sich bereits die Zuschauer, die sich die Parade ansehen wollten. Es musste schön sein, so viel Freizeit zu haben.

Als sie ihre Tasche auf dem großen Zeichentisch ablegte, fiel ihr Blick auf den Engel, der an der Schreibtischlampe hing. Sie selbst hatte ihn dort aufgehängt. Er sollte sie daran erinnern, dass die *Habitat*-Häuser ihr Engel-Projekt waren. Nicht dass sie diese Erinnerung gebraucht hätte, da sie neuerdings Tag und Nacht ziemlich viel darüber nachdachte. Während ihr Computer hochfuhr, fiel ihr ein, was Belinda von der „geheimen Botschaft" erzählt hatte, die sie und Cas-

sidy entdeckt hatten. Hatte Laura vielleicht auch für Grace eine Engel-Nachricht hinterlassen?

In derselben Erwartungshaltung, in der sie einen chinesischen Glückskeks aufbrach, hob Grace die Spitze und den Satinstoff an. Und tatsächlich, da war eine kleine Papierrolle mit einem Goldfaden um den Bauch des Engels gebunden. Grace löste den Faden und rollte das Papier auf. Sie hoffte auf Worte der Ermutigung. Aber da stand nur „Matthäus, Kapitel 6“, mehr nicht.

„Hä?“ Grace starrte auf die Worte. Sollte sie etwa ein ganzes Kapitel aus der Bibel lesen? Nicht dass sie nicht bereit wäre, ein ganzes Kapitel zu lesen, aber irgendwie ärgerte sie das. Warum hatte Laura Belinda und Cassidy nur ein paar Zeilen aufgeschrieben, aber Grace sollte gleich ein ganzes Kapitel lesen? Sie legte das aufgerollte Papier zur Seite und versuchte, sich auf den Computerbildschirm zu konzentrieren. Doch der Gedanke an die Bibelstelle ließ sie nicht los. Sie musste zuerst herausfinden, was in dem Kapitel stand.

Grace trat an ihr Bücherregal, wo eine Bibel stehen musste – die Bibel, die Laura ihr vor einigen Jahren zu Weihnachten geschenkt hatte, nachdem Grace ihr gestanden hatte, dass sie keine eigene besaß. Und tatsächlich, sie stand eingequetscht neben einem alten Möbelkatalog und einem Buch über Raumausstattung. Sie pustete den Staub von der Bibel und schlug sie auf, blätterte ein wenig darin herum, bis sie das angegebene Kapitel fand.

Ihre frühere Erwartungshaltung war verschwunden. Jetzt war sie eher verärgert. Also wirklich, sie hatte keine Zeit dafür! Ein *ganzes* Kapitel? Was wollte Laura ihr damit sagen? Grace würde nur die ersten beiden Zeilen lesen und den Rest überfliegen und dann zu ihrer eigentlichen Arbeit zurückkehren.

Sie atmete tief durch und begann zu lesen. Doch schon die ersten Sätze packten sie. Das war eine strenge Warnung. „Wenn ihr Gutes tut, dann tut es nicht öffentlich, nur damit ihr bewundert werdet."[1] Sie legte die Bibel aus der Hand. Unbehagen stieg in ihr hoch. Traf nicht genau das auf das *Habitat*-Projekt zu? Sie wollte etwas Gutes tun, das alle sahen. Sie hatte sich verhalten wie eine verwöhnte Angeberin, war in der Stadt herumgelaufen und hatte über das Projekt geredet – sich sogar darüber beschwert, wie viel Mühe es ihr bereitete –, als wäre sie eine Art Heilige.

Aber hier stand, sie solle diese Arbeit im Verborgenen tun, sodass nur Gott sie sehen konnte. Obwohl diese Verse ihren Stolz verletzten, klang in ihr auch etwas an. Es machte Sinn, und sie hatte das Gefühl, sie hätte es eigentlich besser wissen müssen.

Gleichzeitig beruhigte sie sich, dass sie nicht alles nur des Gewinns wegen tat. Sie hatte wirklich eine tiefe Zuneigung zu den neuen Hausbesitzern entwickelt. Hatte sie nicht, nachdem sie sie kennengelernt hatte, mehr Interesse an dem Pro-

1 Matthäus 6,1; NLB

jekt gezeigt? Hatte es nicht etwas in ihr angerührt? Aber wenn sie ehrlich war, hätte sie dieses Projekt nie von sich aus in Angriff genommen, wenn nicht die Aussicht gelockt hätte, dass ihr Name dabei genannt werden würde. Sie wollte Werbung für sich machen, für ihre Firma. Doch jetzt begriff sie, dass ihre Belohnung, wenn sie aus Eigennutz den beschrittenen Weg weiterverfolgte, nur billige Werbung wäre, die keinen Nutzen hatte. Doch wenn sie es im Geheimen tat, einfach nur, weil sie helfen wollte, dann würde Gott sich darüber freuen.

Ihr Blick hing an dem Engel, den Laura für sie gebastelt hatte, und ganz plötzlich wusste sie, was zu tun war. Sie würde ihr *Habitat*-Projekt fortsetzen, von ganzem Herzen – und so, dass niemand merkte, dass Grace Westland und ihr Büro dahintersteckten. Sie würde keine Schilder in den Häusern anbringen, sie würde aufhören, damit zu prahlen und sich darüber zu beklagen, wie viel Arbeit ihr das Projekt machte. Sie würde alles in ihrer Macht Stehende tun, um ihre Fingerspuren von dem ganzen Projekt zu entfernen.

Interessanterweise empfand sie ein unglaubliches Gefühl von Freiheit, nachdem sie diesen Entschluss gefasst hatte. Als wäre eine Last von ihr genommen worden. Auf einmal wollte sie den Rest des Kapitels lesen, das Laura ihr zugedacht hatte. Darum las sie weiter, ganz langsam, und verinnerlichte die Worte des ihrer Meinung nach besten Kapitels der ganzen Bibel. Warum hatte sie das vorher noch nie gelesen? In der Mitte des Kapitels stieß sie auf das Vaterunser, das sie aus

dem Gottesdienst kannte, selbst aber nie von ganzem Herzen gebetet hatte.

Und noch etwas anderes wurde ihr klar, während sie diese Verse las, die sie daran erinnerten, dass Gott ihr wichtiger sein sollte als Geld. Vom Verstand her wusste sie das … aber in ihrem Herzen? Eher nicht. Eigentlich war das genau das, was sich in letzter Zeit zwischen sie und Joel gestellt hatte. Sie hatten wegen der Kosten für das Studium der Zwillinge gestritten, sich gegenseitig aufgehetzt und Vorwürfe gemacht. Aber viel besser wäre es gewesen, wenn sie Gott vertraut hätten. Sie fragte sich, was Joel wohl von dieser Bibelstelle hielt.

Schließlich erreichte sie das Ende des Kapitels. Hier ging es um das Sorgen. Das traf ins Schwarze. Während der letzten Jahre hatte sie sich vor Sorge verzehrt. Die Sorgen hatten begonnen, als sie ihr Büro von zu Hause in ein teures Gebäude in der Innenstadt verlegt hatte. Die Mietkosten für ihr Studio waren immens hoch. Und das war genau der Grund, warum sie heute arbeitete – weil sie Sorge hatte, ihre Entwürfe nicht rechtzeitig fertig zu bekommen. Sie starrte auf den Vers, der sie dazu aufforderte, sich keine Sorgen um das Morgen zu machen.

Sie klappte die Bibel zu und schloss die Augen. Konnte sie das? Konnte sie *aufhören*, sich Sorgen zu machen? Konnte sie darauf vertrauen, dass Gott sich um ihre Zukunft kümmerte? Sie wusste, was Laura ihr jetzt sagen würde – und folgte dem Rat ihrer Freundin. Sie senkte den Kopf und bat

Gott, ihr zu helfen. Wenn sie all das in ihrem Leben umsetzen wollte, würde sie dringend Gottes Hilfe brauchen. Aber sie wollte es tun, und zwar von ganzem Herzen.

Als sie „Amen“ sagte, hörte sie das Schrillen der Feuerwehrsirene, die den Beginn der Parade am anderen Ende der Stadt ankündigte. Sie trat ans Fenster, und auf einmal erinnerte sie sich daran, wie sie früher mit den Zwillingen die Parade besucht hatte und wie sie und Joel später zugeschaut hatten, wie die Kinder bei der Parade mitgemacht hatten, entweder auf einem Wagen der Schule oder bei der Marschkapelle.

„Warum bin ich immer noch hier?“, fragte sie sich. „Wenn ich Gott meine Zukunft anvertraue, sollte ich dann nicht dort unten sein und mir heute die Weihnachtsparade anschauen?“ So unbedeutend diese Entscheidung anderen auch vorkommen mochte, für Grace war es eine große Sache. Ein großer Schritt in die richtige Richtung.

In aller Eile schnappte sie sich ihren Mantel und ihren Schal und rannte die Treppe hinunter, überquerte die Straße, wo Belinda und Savannah bereits auf ihren Campingstühlen vor dem Laden Platz genommen hatten. Zwischen ihnen stand eine große Thermoskanne.

„Du hast deine Meinung also doch geändert.“ Belinda zwinkerte ihr zu und stellte einen weiteren Campingstuhl neben ihren.

„Hier, nehmen Sie eine Tasse Kakao.“ Savannah füllte einen Becher und reichte ihn ihr.

Belinda deutete die Straße entlang, wo die ersten Wagen auftauchten.

„Du kommst genau zur richtigen Zeit."

Seufzend sog Grace den Duft des Kakaos ein. Sie war zur richtigen Zeit gekommen – und gleichzeitig auch ein wenig zu spät, aber vielleicht konnte sie jetzt anfangen, an ihrem Timing zu arbeiten.

***

Belinda hatte die Probe für die Modenschau für Mittwochmorgen angesetzt. Da es nur noch eine Woche bis Weihnachten war, hatten alle viel zu tun – auch sie selbst –, und es wäre verlockend gewesen, die Probe einfach ausfallen zu lassen. Aber diese Mädchen brauchten dringend Hilfe. Außerdem war dies nicht nur einfach eine Modenschau, machte sie sich auf dem Weg zur Schule, wo die Probe in der Aula stattfinden sollte, bewusst.

Mittlerweile hatte sie das Gefühl, eine recht gute Beziehung zu den meisten der Mädchen aufgebaut zu haben. Und nachdem einige ihr von ihren Familienverhältnissen erzählt hatten, war Belinda klar, dass diese Mädels Vorbilder in ihrem Leben brauchten. Nicht dass sie ein solches Vorbild sein konnte. Aber nachdem sich Remmie mit Tränen in den Augen bei ihr bedankt hatte, dass sie sich Zeit für sie genommen hatte, hatte Belinda erkannt, wie wichtig dieses

Projekt tatsächlich war. Remmie hatte gesagt, ihr habe noch nie jemand so aufmerksam zugehört.

Da die Weihnachtsferien bereits begonnen hatten, konnte Belinda direkt vor der Schule parken. Als sie ausstieg, sah sie Carey auf sie zukommen. „Ich habe die Aula bereits aufgeschlossen“, erklärte er und griff nach der großen Tasche, die sie mitgebracht hatte. „Die meisten Mädchen sind schon da und warten auf dich.“

„Vielen Dank.“ Sie schlug den Kragen hoch, um sich vor der Kälte zu schützen, und beeilte sich. „Ich hoffe, wir sind bis mittags fertig. Das ist zumindest mein Ziel.“

„Nun, ich bin den ganzen Tag hier“, erwiderte er. „Nimm dir ruhig die Zeit, die du brauchst. Ich denke, die Mädchen werden nichts dagegen haben.“ Er grinste. „Sie scheinen dich sehr gernzuhaben.“

Sie lachte. „Ich muss gestehen, dass ich die Mädchen auch in mein Herz geschlossen habe.“ Auf dem Weg zur Aula erzählte sie Carey ein wenig von den Mädchen und dass sie sehr positiv auf ihre Ratschläge in Bezug auf ihre Kleidung reagiert hatten. „Ich bin so froh, dass ich sie einzeln zu mir gebeten habe. So konnten wir uns besser kennenlernen. Und einige waren mir gegenüber erstaunlich offen.“

„Das ist gut.“ Er hielt ihr die Tür auf.

„Und es hat mir wirklich Spaß gemacht.“ Sie lächelte und nahm ihm ihre Tasche ab. „Danke, dass wir dieses Projekt zusammen angehen konnten.“

„Ich danke *dir*, dass du dich darauf eingelassen hast!“ Er nickte ihr zu, als mehrere Mädchen auf sie zugeeilt kamen. „Deine Fans warten schon.“

Lachend trat sie ein und begrüßte die Mädchen. „Sind die Kleider unbeschadet hier angekommen?“, fragte sie, als sie auf die Bühne zusteuerte.

„Ja, Savannah hat gerade eben die Kleiderständer hereingebracht.“

Belinda stellte ihre Tasche auf einen der Stühle in der Aula und holte einen CD-Player, ein Klemmbrett und einige andere Gegenstände heraus. „Also gut, fangen wir an.“

Während die letzten Nachzügler eintrudelten, erklärte Belinda den Mädchen die Reihenfolge, in der sie über den Laufsteg gehen sollten, und dass sie Hilfe beim Umziehen hinter der Bühne bekommen würden. Dann gab sie ihnen ein paar Tipps zu Haltung und Körperbeherrschung und zeigte ihnen, wie man über einen Laufsteg schritt.

„Haben Sie das schon mal gemacht?“, fragte Kelsey neugierig.

Belinda lächelte verlegen. „Ja, ich muss gestehen, dass ich während meiner Ausbildung an der Kosmetikschule ein paar Mal als Model gearbeitet habe. Um mir die Schulgebühren zu verdienen.“

Die Mädchen schienen beeindruckt und waren nun konzentriert bei der Sache. Sie schaltete die Musik ein und drehte die Lautstärke hoch, und das Laufstegtraining begann. Einige

der Mädchen machten ihre Sache sehr gut und präsentierten anmutig und selbstbewusst ihre Outfits, andere brauchten etwas mehr Ermutigung. Nach etwa einer Stunde liefen die Mädchen relativ sicher über den Laufsteg, und Belinda hatte das Gefühl, nun mit dem Umkleiden beginnen zu können.

Da sie nur Savannah als Hilfe hatte, war das Wechseln der Outfits eine große Herausforderung, doch sie beruhigte die Mädchen und versicherte ihnen, einige ihrer Freundinnen würden am Samstag hinter der Bühne mithelfen. Nach einem recht holprigen ersten Durchgang bestand Belinda darauf, noch einen weiteren Durchgang anzuschließen, und zu ihrer großen Erleichterung schienen alle damit einverstanden zu sein.

„Dieses Mal werde ich die Zeit stoppen", teilte sie ihnen mit. „Ich hoffe, dass wir unter neunzig Minuten bleiben."

Während sich die Mädchen umkleideten und über den Laufsteg schritten, um anschließend wieder die Outfits zu wechseln, bemühte sich Belinda, einen objektiven Blick auf die Darbietung zu haben. Und dabei konnte sie nicht leugnen, dass sie der Modenschau noch immer besorgt entgegenblickte. Sosehr sie auch hoffte, dass die Veranstaltung ein Erfolg werden würde – die Zweifel ließen sich nicht so leicht vertreiben. Die Mädchen waren blutige Anfängerinnen, und die Outfits waren nun mal Kleider aus einem Secondhandladen.

Während sie zusammenpackten, gab sie sich Mühe, nicht nur an das zu denken, was nicht gut war – und das war nicht

wenig. Sie würde stattdessen das Beste hoffen und beten, dass die Mädchen Spaß hatten und die Zuschauer nicht enttäuscht sein würden. Der Verkauf der Eintrittskarten lief bisher gut. Das freute sie – und machte ihr gleichzeitig auch große Angst.

„Ich werde es euch noch einmal vormachen, und dann machen wir noch einen letzten Durchgang", sagte sie zu den Mädchen, die bereits wieder ihre eigenen Sachen trugen. „Nur damit ihr es wirklich verinnerlicht. Und ich möchte euch bitten, zu Hause ein wenig zu üben. Ihr sollt am Samstag alle in Höchstform sein, okay?"

Die Mädchen nickten, und sie schaltete erneut die Musik ein. Wie zu Beginn schritt sie über den Laufsteg und führte ihre Kleidung vor, als wäre sie ein Supermodel bei der *New York Fashion Week*. Die Mädchen klatschten begeistert und begannen, ihr nachzueifern. Und am Schluss, sozusagen als Belohnung für den gezeigten Einsatz, schloss sie die Probe mit einem letzten Lauf ab. Während sie über den Laufsteg schritt, dachte sie, dass sie mit ihren fünfundvierzig Jahren nun wirklich ein wenig zu alt war, um als Model zu arbeiten. Trotzdem machte es ihr Spaß. Bei ihrer letzten Drehung am Ende des Durchgangs hörte sie begeistertes Klatschen aus dem Zuschauerraum.

„Mr Trellis", rief eines der Mädchen. „Haben Sie uns die ganze Zeit zugeschaut?"

Er lachte. „Nein, ich bin gerade erst hereingekommen."

Verlegen schaltete Belinda die Musik aus.

„Entschuldigung, dass ich störe", rief er.

„Ist nicht schlimm", rief sie zurück. „Wir sind gerade fertig geworden." Sie stieg die Stufen hinunter und sprach so laut, dass die Mädchen sie hören konnten. „Die Models machen ihre Sache hervorragend. Ich denke, sie sind für Samstag gerüstet."

„Das ist toll." Er senkte die Stimme. „Eigentlich bin ich vorbeigekommen, um dich zu fragen, ob du noch Zeit hast, einen Kaffee mit mir zu trinken – ich meine, wenn du hier fertig bist. Ich möchte dich keinesfalls hetzen."

War das ein Date? Ihre übliche Reaktion auf eine solche Einladung wäre eine Absage gewesen. So hatte sie jedenfalls in den vergangenen Jahren reagiert. Erwartungsvoll blickte er sie an. Bestimmt wollte er mit ihr nur über die Mädchen und die Modenschau reden. Sie stimmte zu. „Ich möchte noch kurz mit den Mädchen reden und packe dann meine Sachen zusammen", erwiderte sie leise. „Wir treffen uns in deinem Büro, in Ordnung?"

Er nickte. „Bis gleich."

Belinda gab den Mädchen noch ein paar ermutigende Worte mit auf den Weg, bat Savannah, die Sachen in den Laden zurückzubringen, und verließ die Aula. Auf dem Weg über das Schulgelände zu Careys Büro breitete sich eine Mischung aus freudiger Erwartung und Nervosität in ihr aus. Das war keine richtige Verabredung, doch tief in ihrem Inneren wünschte sie, es wäre so. Andererseits würde sie

auch gern alles so belassen, wie es war. Sie fühlte sich wohl als alleinstehende Frau. Sie war stark und unabhängig und genoss es, tun und lassen zu können, was sie wollte. Das zumindest redete sie sich normalerweise ein – und jedem, der sie danach fragte. Doch wenn sie ehrlich zu sich war, fühlte sie sich häufig einsam. Vor allem seit Emma vor drei Jahren ans College gegangen war.

Und auf einmal musste Belinda an den Engel-Vers denken, den Laura für sie ausgesucht hatte. Gott hatte gute Pläne für sie, Pläne für eine gute Zukunft. Und wenn dazu ein Mann gehörte? Sollte sie nicht offen dafür sein? Trotzdem bemühte sie sich, ihre Erwartungen im Zaum zu halten. Carey Trellis war ein toller Mann. Wenn er sie enttäuschte, würde es sehr wehtun.

Das Verwaltungsgebäude kam in Sicht, und sie schickte ein stummes Gebet zum Himmel. Falls dieser Mann tatsächlich zu Gottes guten Plänen für sie gehörte, dann würde Gott sich um die Sache kümmern müssen. Sie konnte es nicht. Und dieses Wissen half ihr, ruhiger zu werden, als Carey ihr entgegenkam.

„In der Nähe gibt es ein nettes kleines Café. Ich dachte, wir könnten vielleicht einen Spaziergang dorthin machen", sagte er, als er neben sie trat. „Das heißt, falls dir nicht zu kalt ist." Er musterte sie etwas eingehender. „Und falls du in diesen schicken Stiefeln laufen kannst."

Sie lachte. „Ein kleiner Spaziergang ist genau das, was ich jetzt brauche."

Unterwegs dankte er ihr noch einmal dafür, dass sie mit den Mädchen arbeitete. „Einige unserer Lehrer finden es nicht gut, dass mir so etwas Profanes wie die Kleidung der Mädchen so wichtig ist. Sie sehen die Modenschau mit kritischen Augen. Aber ich denke immer, wenn das meine Töchter wären, würde ich mir wünschen, dass sich jemand ihrer annimmt."

„Das kann ich gut nachvollziehen." Sie standen am Bordstein und warteten darauf, die Straße überqueren zu können. „Ich habe meine Secondhand-Boutique eröffnet, weil ich nicht gut fand, wie sich meine Tochter und ihre Freundinnen in der Schule gekleidet haben. Sie meinten, modische Kleidung wäre zu teuer – was immer das damals bedeutete. Darum wollte ich ihnen zeigen, dass man auch mit Secondhand-Kleidung einen tollen Look kreieren kann."

„Wie alt ist deine Tochter denn?"

„Zwanzig. Sie studiert jetzt im zweiten Jahr am College."

Er blickte sie neugierig an. „Kaum zu glauben, dass du schon eine Tochter in diesem Alter hast."

„Vielen Dank. Ich war zwölf, als ich sie bekommen habe." Sie lachte. „Das war nur ein Scherz. Ich war Anfang zwanzig." Diese Worte bedauerte sie sofort. Warum verriet sie ihm ihr Alter? „Und was ist mit dir? Hast du Kinder?"

„Meine verstorbene Frau und ich haben uns Kinder gewünscht, aber ich wollte warten, bis wir beide das College abgeschlossen und eine gute Anstellung gefunden hatten.

Doch dann wurde Marley krank, und an Kinder war nicht mehr zu denken.“ Er blieb vor dem Café stehen und hielt ihr die Tür auf. „Manchmal denke ich, es war ein Fehler zu warten.“

„Hinterher ist man immer klüger“, sagte sie und trat ein.

Kurz darauf saßen sie an einem Tisch und nippten an ihrem Kaffee. Beide begannen sich zu öffnen und erzählten aus ihrem Leben und wie sie dahingekommen waren, wo sie jetzt standen. Die Einzelheiten aus ihrer gescheiterten Ehe behielt Belinda allerdings lieber für sich. „Fakt ist, mein Ex-Mann hatte nicht viel übrig für die Rolle des Familienvaters und zog seiner Wege. Ich bin hiergeblieben. Anfangs habe ich meine Entscheidung bereut. Doch dann wurde mir bewusst, dass meine gescheiterte Ehe auch etwas Gutes hervorgebracht hat: meine Tochter. Das macht alles wett.“ Belinda erzählte ihm ein wenig von Emma und darüber, wie stolz sie auf ihre Tochter war.

Er lächelte. „Sie scheint ein tolles Mädchen zu sein.“

Belindas Lächeln verblasste. „Ich bin nur traurig, dass sie über Weihnachten nicht nach Hause kommt.“

„Warum nicht?“

„Wegen ihrem Freund.“ Belinda verzog das Gesicht. „Aber ich kann mich wirklich nicht beklagen. Archer ist ein toller Junge, und es würde mich nicht wundern, wenn sie später einmal heiraten. Sie fährt mit zu ihm nach Hause, nach Connecticut, um seine Familie kennenzulernen.“

„Dann bist du über Weihnachten also allein?“

Sie seufzte. „Ich wollte eigentlich zu Laura und Clayton gehen, aber daraus wird nun leider nichts.“ Sie senkte den Blick auf ihren Kaffee und fragte sich, warum sie so viel von sich preisgab.

„Ich bin über Weihnachten auch allein“, bemerkte er betrübt. „Meine Familie lebt in Südkalifornien, und nach dem Umzug und dem Hauskauf kann ich mir einen Flug nach Kalifornien dieses Jahr einfach nicht leisten.“

„Meine beiden Freundinnen haben auch noch nichts vor“, platzte es unvermittelt aus Belinda heraus, ohne dass sie die Sache zuvor durchdacht hatte. Obwohl sie tatsächlich plante, Cassidy und Louisa zu fragen. „Ich wollte sie an Weihnachten zu mir einladen. Vielleicht hast du Lust dazuzukommen?“

Er strahlte sie an. „Das wäre wundervoll. Danke. Sehr gern sogar.“

Jetzt hatte sie es getan – Carey Trellis wäre an Weihnachten bei ihr zu Gast. Sie hoffte nur, dass er die Einladung nicht aus Höflichkeit angenommen hatte. Und hoffentlich hatten Louisa und Cassidy tatsächlich noch nichts vor. Belinda blieb nur noch eine knappe Woche, um alles zu arrangieren. Oder das Ganze abzusagen. Diese Möglichkeit stand ihr ja immer noch offen.

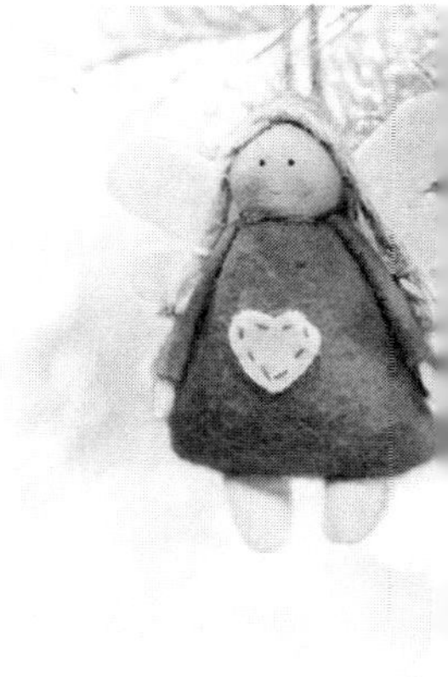

Kapitel 13

Am Mittwochnachmittag kam Grace der Gedanke, dass es bald wieder laut und hektisch in ihrem Haus werden würde. Am Donnerstagabend wollten die Zwillinge vom College nach Hause kommen, und so wie sie die beiden kannte, würde bald auch eine ganze Horde ihrer Freunde bei ihnen einfallen.

Obwohl sich Grace bei Joel für verschiedene Dinge entschuldigt hatte, hatte sie immer noch keine passende Gelegenheit gefunden, um mit ihm über das zu reden, was sie im Augenblick beschäftigte. Sie musste die Gelegenheit nutzen, bevor in ihrem Haus wieder Betrieb herrschte wie in der New Yorker *Grand Central Station*.

Kurz entschlossen griff sie zum Hörer und fragte Joel, wann er nach Hause käme. Sie würde ein Abendessen vorbereiten. „Nur für uns beide“, sagte sie geheimnisvoll.

„Das klingt gut.“ Aber sie bemerkte die Unsicherheit in seiner Stimme – als befürchte er, dieses Abendessen könnte einem bestimmten Zweck dienen. Als sie den Telefonhörer

aus der Hand legte, schoss ihr eine Frage durch den Kopf. War sie wirklich so manipulativ? Hatte Joel diesen Eindruck von ihr?

Auf dem Weg zum Supermarkt fielen die ersten Schneeflocken. Vielleicht würden sie ja tatsächlich weiße Weihnachten bekommen. Das hatte zumindest die Wettervorhersage so versprochen. Zur Sicherheit sollte sie ihre Vorräte aufstocken. Morgen wollten die Zwillinge nach Hause kommen. Hoffentlich gerieten sie nicht in einen Schneesturm!

Als sie in ihre Einfahrt fuhr, kamen ihr die Worte aus Matthäus, Kapitel 6 wieder in den Sinn. Sie durfte darauf vertrauen, dass Gott für sie sorgte und sie beschützte. Und sie musste aufhören, sich unnötig Sorgen zu machen. Auch während der Vorbereitung des Abendessens dachte sie über diese Verse nach. Obwohl es ihr angesichts der drängenden Probleme und Herausforderungen in ihrem Leben schwerfiel – sie wollte Gott vertrauen. Allein, da war sie sich sicher, würde sie nicht damit fertigwerden.

Als Joel nach Hause kam, begrüßte sie ihn mit einer Umarmung und einem Kuss. „Hast du auf der Heimfahrt den Schnee bemerkt?“, fragte sie.

Er blickte sie verblüfft an und schien sich zu fragen: *Wer bist du, und was hast du mit meiner Frau gemacht?* Doch zum Glück sprach er diese Worte nicht aus. „Ja, die ersten Schneeflocken. Hoffentlich fängt es erst richtig an zu schneien, wenn die Kinder zu Hause sind.“

„Sie kommen bestimmt gut hier an. Und selbst wenn es schneit – dann wird die Fahrt hierher eben ein kleines Abenteuer, nicht?“

Und wieder starrte er sie verwundert an, während er seinen Mantel aufhängte.

„Das Essen ist fast fertig“, sagte sie und ging in die Küche zurück, um nach dem Reis zu sehen. „Es gibt Fisch, Gemüse und Reis. Ich weiß ja, dass du schweres Essen am Abend nicht gut verträgst.“

„Klingt gut.“ Er folgte ihr in die Küche. „Alles in Ordnung, Grace?“

Sie lächelte ihn an. „Sicher. Warum nicht?“

„Du bist irgendwie komisch.“ Er zog die Augenbrauen zusammen. „Ich warte nur darauf, dass du sagst: ‚Wir müssen miteinander reden.‘“

„Nun, wir müssen tatsächlich miteinander reden.“

Jetzt wirkte er aufrichtig alarmiert.

„Nicht so, wie du jetzt denkst“, beruhigte sie ihn. „Ich habe nicht vor, mich von dir zu trennen, ich habe keine Affäre oder irgendetwas in der Art.“

„Oh … gut.“ Noch immer verwirrt zog er einen der Barhocker heraus und setzte sich vor einen kleinen Teller mit Appetithäppchen, den sie bereitgestellt hatte. „Worum geht es denn dann?“

„Es gibt da ein paar Dinge, die ich mit dir besprechen möchte.“

Besorgt runzelte er die Stirn. „Du bist doch nicht etwa krank, oder?“

Sie tätschelte seine Hand. „Nein, bin ich nicht. Mach dir keine Sorgen.“

Er lächelte. „O ja, richtig. Das ist ja deine Aufgabe. Du bist die kleine Sorgenliese in unserer Familie.“

„Nicht mehr.“

Er runzelte die Stirn. „Wie meinst du das?“

„Na ja, ich versuche gerade, ein paar Dinge zu verändern.“ Während des Essens erzählte sie ihm von dem Kapitel aus dem Matthäusevangelium und von ihrer veränderten Einstellung. Sie sprach über das *Habitat*-Projekt und gestand ihm, dass sie ab sofort lieber im Hintergrund agieren wollte. „Niemand soll wissen, dass ich dahinterstecke.“

„Weil es so schlecht ist?“, fragte er.

„Nein, eigentlich läuft es ganz gut. Erstaunlich gut sogar. Aber ich möchte Gott damit die Ehre geben, so wie es in diesem Kapitel aus der Bibel steht. Und da ist noch mehr …“ Sie berichtete ihm von ihren Erkenntnissen in Bezug auf ihre finanzielle Situation. „Früher haben wir uns vorgenommen, darauf zu vertrauen, dass Gott für uns sorgt. Damals waren wir frisch verheiratet und finanziell sehr eingeschränkt. Doch irgendwie hat sich unsere Einstellung verändert. Wir haben angefangen, auf uns selbst zu vertrauen. Damit kamen die Sorgen und der Streit, und, na ja, unsere Beziehung wurde ziemlich anstrengend.“

Joel nickte kauend. „Dem kann ich nur zustimmen, aber ich weiß noch nicht so genau, worauf du hinauswillst. Die Rechnungen müssen bezahlt werden. Wir können doch nicht einfach alles laufen lassen und darauf warten, dass Gott Geld vom Himmel regnen lässt."

„Das weiß ich. Aber mir ist klar geworden, dass es vielleicht keine so gute Idee war, mein Büro in die Stadt zu verlegen."

Seine Augen leuchteten auf. „Wirklich?"

„Du hast das ja von Anfang an gesagt." Sie unterdrückte den Drang, sich zu rechtfertigen.

„Nicht ganz. Ich meine, mir war wichtig, dass du tust, was dich glücklich macht, Grace. Du bist eine hervorragende Innenarchitektin. Aber das Timing … na ja, das weißt du selbst. Die Zwillinge hatten gerade ihr Studium begonnen, und dann kam die Flaute auf dem Immobilienmarkt. Das war der Grund für meine Zweifel."

„Ich weiß. Und vermutlich hattest du recht."

Er starrte sie verblüfft an.

„Um ehrlich zu sein, seit ich mein Studio eröffnet habe, habe ich viel mehr Stress als früher. Kürzlich habe ich mir sogar gewünscht, ich würde wieder von zu Hause aus arbeiten."

„Aber das kannst du doch! Ich meine, wenn du das möchtest, Grace. Ich werde dir nicht vorschreiben, was du tun sollst. Ich weiß ja, dass du das nicht sonderlich magst." Er grinste sie an.

Sie redeten und redeten – über ihre Jobs, ihr Leben, ihre Kinder, ihre Finanzen … und zum ersten Mal seit Jahren war die Harmonie zwischen ihnen wieder da. So wie früher.

„Ganz ehrlich, ich hätte nichts dagegen, wenn die Zwillinge nicht schon morgen nach Hause kämen“, gestand er, als sie gemeinsam die Küche aufräumten. „Ich wäre gern noch ein paar Tage mit dir allein.“

Sie lachte. „Ach, du weißt doch, sie werden so mit ihren Freunden beschäftigt sein, dass wir sie kaum zu Gesicht bekommen. Und bevor wir wissen, wie uns geschieht, sind sie wieder weg. Wir sollten die gemeinsame Zeit mit ihnen genießen.“ Sie hob den Finger. „Und wenn ich dir einen Rat geben darf: Es wäre gut, wenn du sie nicht zu sehr kritisierst wegen ihrer Zensuren. Wenn du unbedingt etwas sagen musst, dann gleich bei ihrer Ankunft, und danach lass das Thema ruhen. Ich möchte kein zweites Thanksgiving erleben. Okay?“

Er nickte, legte den Arm um ihre Taille und zog sie zu sich. „Ja. Du hast recht.“

„Ich habe dich vermisst“, gestand sie leise.

„Ich dich auch.“ Er beugte sich hinunter, um sie zu küssen. „Sehr sogar.“

***

Eine unerklärliche Freude erfüllte Louisa, als sie am Donnerstagnachmittag in ihrem Haus herumwerkelte. Dass ihre gute Laune im direkten Zusammenhang mit ihrem Malkurs stand, war ihr durchaus bewusst. An diesem Morgen hatten sie sich zum zweiten Mal getroffen, und alle Teilnehmer der vergangenen Woche waren wiedergekommen. Darüber hatte sie sich sehr gefreut. Ihre Projekte waren gut gelaufen und das Gespräch sogar noch besser als am letzten Donnerstag. Traurig machte sie alle nur, dass sie sich erst im neuen Jahr wiedersehen würden.

Während sie, begleitet von stimmungsvollen Weihnachtsklängen, das Treffen mit ihren Freundinnen vorbereitete, spürte sie wieder diese Leichtigkeit in ihrem Schritt. Sie nahm sich Zeit, um den Bibelvers, den sie in ihrem Engel gefunden hatte, noch einmal zu lesen. Er hing an ihrem Kühlschrank, damit sie ihn immer vor Augen hatte: „Aber alle, die ihre Hoffnung auf den Herrn setzen, bekommen neue Kraft. Sie sind wie Adler, denen mächtige Schwingen wachsen. Sie gehen und werden nicht müde, sie laufen und sind nicht erschöpft" (Jesaja 40,31).

In ihrer Kraftlosigkeit nach Adams und Lauras Tod hatte sich Louisa an diesen Vers geklammert. Und in der vergangenen Woche hatte sie sich regelmäßig mit einer Tasse Tee und ihrer Bibel in ihr Wohnzimmer gesetzt und sich für Gottes Wort geöffnet. Tatsächlich ging es ihr schon besser. Auch nach der Therapiestunde am heutigen Tag steckte noch

viel Energie in ihr. Sie freute sich auf das Treffen mit ihren Freundinnen und war gespannt darauf zu erfahren, wie ihre Woche gelaufen war.

Grace traf als Erste ein. Sie wirkte ziemlich erschöpft. „Komm, nimm dir etwas zu essen und zu trinken“, forderte Louisa sie auf, als sie Grace ins Esszimmer führte. „Du siehst so aus, als könntest du es gebrauchen.“

„Danke.“ Grace seufzte. „Es war eine lange Woche.“

„Und, wie läuft dein Engel-Projekt?“

Grace strahlte sie an. „Dank eurer Spenden läuft es prima. Alles passt irgendwie zusammen – beinahe wie von selbst.“ Sie lachte. „Als würde es auch zusammenfinden, wenn ich nichts damit zu tun hätte.“

„Interessant.“ Louisa musterte sie eindringlich.

„Und erst deine Gemälde“, fuhr Grace fort. „Ich kann dir gar nicht sagen, welche Wirkung sie in den Räumen entfalten. Ich hoffe, du kommst am Sonntag zum Tag der offenen Tür, um es dir anzusehen. Das ist wirklich ein Wunder!“ Sie seufzte und rührte Sahne in ihren Kaffee. „Ich danke Gott dafür. Allein hätte ich das nie geschafft.“

Louisa blickte sie verblüfft an. Solche Worte klangen fremd aus Graces Mund. Aber sie freute sich darüber. „Das ist ja wundervoll“, sagte sie. „Die neuen Hausbesitzer werden sicher dankbar sein für alles, was du für sie getan hast.“

„Nicht ich“, widersprach Grace schnell. „Nur dank der großzügigen Spenden von Leuten wie dir ist die Einrichtung

so wunderschön geworden, Louisa." Sie erzählte ihr, welche Wirkung Louisas alte Möbel in den Räumen entfalteten. „So etwas kann selbst der beste Innenarchitekt nicht planen", erklärte sie. „All diese unterschiedlichen Stücke, aus unterschiedlichen Häusern … unvorstellbar, dass sie miteinander harmonieren! Da muss Gott seine Hände im Spiel haben."

Cassidy und Belinda trafen ein, und obwohl Louisa gern mehr über Graces Projekt erfahren hätte, unterbrach sie die Unterhaltung, um die anderen zu begrüßen und ihnen eine Erfrischung anzubieten. Als sie alle im Wohnzimmer Platz genommen hatten, forderte sie Grace auf, noch mehr von ihrem Projekt zu erzählen.

„Grace ist ganz begeistert, dass alles so schön passt", erzählte Louisa den anderen. „Sie ist Gott sehr dankbar. Es kommt ihr vor wie ein Wunder."

„Ein Wunder, das nur sehr wenig mit mir zu tun hat", erklärte Grace. „Allein hätte ich das nie geschafft." Sie lächelte die anderen an. „Und ich danke nicht nur Gott, sondern auch euch allen. Eure Spenden haben mich gerettet. Ich hoffe, ihr kommt am Sonntag alle zum Tag der offenen Tür." Sie deutete auf Belinda. „Und jetzt möchte ich hören, wie die Vorbereitungen für deine Modenschau laufen. Brauchst du uns am Samstag noch?"

„Auf jeden Fall." Belinda erzählte ihnen von der Kleideranprobe und dass die Mädchen sich wirklich große Mühe gaben. „Trotzdem mache ich mir Sorgen", gestand sie. „Die

ganze Sache kann auch ganz fürchterlich danebengehen – was besonders schade für die Mädchen wäre. Ich wünsche mir so sehr, dass die Modenschau eine gute Erfahrung für sie wird, auf die sie stolz sein können. Denn nur darum geht es."

„Wir werden uns nach Kräften bemühen, unseren Beitrag dazu zu leisten", versprach Louisa ihr.

Sie unterhielten sich noch einige Minuten über den organisatorischen Ablauf der Modenschau am Samstag. Schließlich blickte Louisa Cassidy an. „Du bist heute Abend so schweigsam. Wie läuft dein Projekt?"

Cassidy schien den Tränen nahe zu sein. „Nicht so gut."

„Was ist los, Cass?", fragte Belinda mitfühlend. „Uns kannst du es doch erzählen."

„Bei mir läuft nichts so, wie es sollte. Dr. Auberon will nicht, dass ich weiter ehrenamtlich arbeite. Er sagt, die Leute könnten das nicht richtig einordnen und hielten es für einen Dienst, den seine Klinik anbietet. Er macht sich Sorgen, dass die Tierhalter sich beklagen, wenn sie für die Untersuchungen bezahlen sollen. Ich habe versucht, ihm klarzumachen, dass das nicht passieren wird. Ich weise alle, deren Tiere ich behandle, darauf hin, dass meine Arbeit nichts mit seiner Tierklinik zu tun hat. Aber er will davon nichts hören. Er hat mir verboten weiterzumachen und mir gedroht, mich sonst zu entlassen."

„O Cassidy!" Louisa schüttelte den Kopf. „Das ist nicht fair."

„Finde ich auch.“ Cassidys Kinn zitterte. „Ich habe doch bereits eine ganze Menge Impfstoffe und Medikamente gekauft. Was soll ich denn jetzt damit machen? Und die Tierbesitzer zählen auf mich. Aber wenn ich meinen Job verliere, kann ich die ehrenamtliche Arbeit nicht länger finanzieren. Das ist eine ganz verfahrene Situation.“

„Hast du mit Gott darüber gesprochen?“, fragte Grace.

Cassidy blickte sie verblüfft an. „Das habe ich, ja.“

„Ich weiß“, meinte Grace beinahe entschuldigend. „Ihr wundert euch, dass ausgerechnet ich danach frage, wo das Gebet doch sonst keinen so hohen Stellenwert in meinem Leben hat. Aber ich lerne umzudenken. Dieses Engel-Projekt hat mir geholfen, einige Dinge mit anderen Augen zu sehen.“

„Das ist toll“, bemerkte Louisa. Sie hätte gern hinzugefügt, dass sie tatsächlich eine positive Veränderung bei Grace bemerkt hatte, aber sie wollte ihr nicht zu nah treten.

„Und wie war dein Date mit dem Enkel der alten Dame?“, fragte Belinda. „Wie war er?“

„Brent Morgan ist … er war … *einfach unglaublich nett!*“ Jetzt brach Cassidy tatsächlich in Tränen aus.

Louisa setzte sich neben sie auf das Sofa und legte den Arm um ihre Schultern. „Wenn er so nett war, warum weinst du dann?“

„Weil er mich nicht mochte“, schluchzte sie.

„Woher weißt du das?“, fragte Belinda. „Ich meine, wenn er so nett war … was hat er denn gesagt?“

„Nach dem Essen hatte er es sehr eilig, von mir wegzukommen. Er ist ganz überstürzt aufgebrochen.“

„Oh. Okay.“ Belinda biss sich auf die Lippen. „Dann ist er es nicht wert, dass du auch nur einen Gedanken an ihn vergeudest.“

„Stimmt.“ Louisa nickte. „Dann bist du besser dran ohne ihn.“

„Aber Brent war wirklich sehr nett!“, beharrte Cassidy.

„Wenn er wirklich so nett wäre, dann hätte er erkannt, was für eine tolle Frau du bist“, widersprach Grace.

Sie unterhielten sich noch eine Weile über den Abend und trösteten Cassidy, und schließlich putzte sie sich die Nase und richtete sich auf. „Entschuldigt bitte. Ich bin so eine Heulsuse.“

„Du bist keine Heulsuse“, widersprach ihr Louisa. „Du bist verletzt, das ist alles. Das verstehen wir.“

„Wahrscheinlich muss ich ein für alle Mal die Hoffnung begraben, jemals einen Mann zu finden.“ Cassidy nickte entschlossen. „Ich kann auch als Single glücklich sein.“ Sie deutete auf Belinda. „So wie du all die Jahre, Belinda. Du bist ein großes Vorbild für mich. Das meine ich ganz ernst.“

Verlegenheit schlich sich in Belindas Blick. Schließlich stimmte das nicht mehr so ganz. Und dann begann sie leise zu lachen.

„Was ist los?“, fragte Grace. „Was verschweigst du uns?“

„Gibt es etwa doch einen Mann in deinem Leben?“, fragte Louisa.

„Ja und nein.“ Belinda seufzte. „Ich muss euch gestehen, dass ich den Direktor der McKinley-High zum Weihnachtsessen bei mir eingeladen habe.“

„Was?“ Louisa starrte Belinda fassungslos an. In den vielen Jahren, die sie sich mittlerweile kannten, konnte sie sich nicht erinnern, dass Belinda jemals einen Mann zu sich nach Hause eingeladen hatte. Was war da los?

„Er ist verwitwet und wäre sonst an Weihnachten allein“, erklärte sie schnell. „Ich konnte nicht anders. Ich habe ihm gesagt, dass zwei meiner Freundinnen ebenfalls zu mir kommen werden.“ Sie spielte nervös mit den Händen. „Ich flehe euch an, Mädels! Bitte sagt, dass ihr an Weihnachten zu mir kommt – *bitte!*“

„Ich komme sehr gern“, erwiderte Louisa.

„Und ich habe auch niemanden, mit dem ich Weihnachten feiern kann“, murmelte Cassidy. „Ich bin also auch dabei.“

„Du und Joel, ihr habt vermutlich bereits Pläne mit den Kindern und der Familie“, sagte Belinda an Grace gewandt. „Aber ihr seid natürlich auch herzlich willkommen.“

Sie plauderten noch eine ganze Weile und schmiedeten Pläne für die Festtage, und die Zeit verging wie im Flug. Bevor sie sich verabschiedeten, wollte Louisa noch mit ihnen beten. „Ich denke, Laura würde das auch so halten“, meinte Louisa beinahe entschuldigend. „Ich würde gern für Belindas Mädchen und die Modenschau am Samstag

beten. Und für Graces Tag der offenen Tür am Sonntag.“ Sie wandte sich zu Cassidy um, die immer noch ein wenig bedrückt auf dem Sofa saß. „Und für Cassidys Kummer und ihre Zukunft.“ Dann begann Louisa zu beten. Und es fühlte sich richtig an.

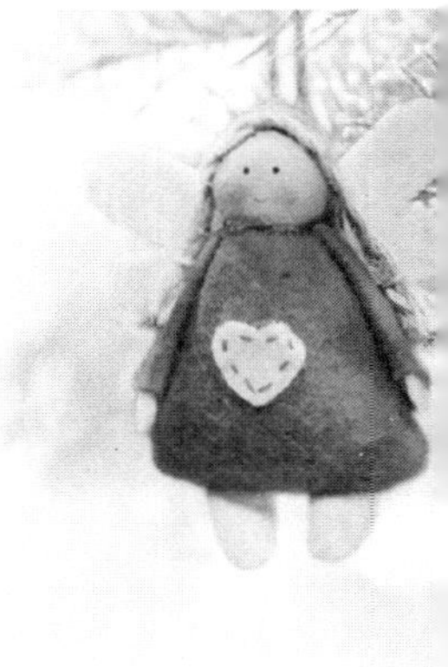

Kapitel 14

Belinda hätte gern gesagt, die Modenschau sei ohne Pannen verlaufen, aber das stimmte nicht ganz. Trotzdem war sie ein voller Erfolg gewesen. Zumindest fand sie das. Sicher, einige Mädchen hatten ihren Einsatz verpasst. Ein Mädchen war gestolpert, und es hatte auch einige Fehlkombinationen bei der Garderobe gegeben – nichts Schlimmes, nur ein paar seltsame Zusammenstellungen.

Ohne ihre Freundinnen hätte Belinda das nicht schaffen können, daran bestand kein Zweifel. Während sie die Modenschau moderierte, sorgte Louisa für einen reibungslosen Ablauf hinter der Bühne. Grace war für die Frisuren und das Make-up zuständig und achtete besonders darauf, dass die Mädchen nicht mehr Schminke auflegten, als nötig war – zumal Belinda sie bereits vor der Schau fertig geschminkt hatte. Cassidy half Savannah bei der Garderobe und den Mädchen beim Umkleiden.

Mit einer großen Tüte voller Geschenke, die sie bereits Anfang der Woche vorbereitet hatte, bedankte sich Belinda

nach der Modenschau bei ihren lieben Freundinnen. „Ihr wart großartig“, sagte sie, als sie alle zum Abschied umarmte. „Wir sehen uns morgen beim Tag der offenen Tür.“ Sie zwinkerte Grace zu. „Dann ist dein großer Tag, an dem du glänzen kannst.“

Grace schüttelte ernst den Kopf. „Ich möchte nicht glänzen.“ Sie lächelte. „Allerdings wünsche ich mir, dass die Häuser glänzen und funkeln.“

Nachdem ihre Freundinnen sich verabschiedet hatten, scharte Belinda ihre Models im Umkleidebereich um sich. Sie gratulierte den Mädchen und dankte ihnen für ihren Einsatz. Ganz erstaunt war sie dabei über die Tränen und die Umarmungen und die Dankbarkeit. „Ihr habt eure Sache ganz toll gemacht“, sagte sie. „Ihr wart wirklich unglaublich. Und habt ihr gesehen, wie viele Leute gekommen sind?“ Sie händigte Amelia, die die meisten Eintrittskarten verkauft hatte, den Gutschein aus. „Das hast du wirklich gut gemacht“, sagte sie zu dem Mädchen, das eigentlich etwas zurückhaltend und still war. „In dir steckt ein echtes Verkaufstalent.“ Sie lächelte die anderen an. „Und ich hoffe, euch gefallen eure neuen Kleidungsstücke. Ihr seht wirklich toll aus.“ Sie hatte die Modenschau so geplant, dass die Mädchen das Outfit, das sie behalten wollten, am Schluss vorführten. Dann brauchten sie sich nicht noch einmal umzuziehen.

„Das war der schönste Tag in meinem Leben“, schwärmte Remmie und umarmte Belinda noch einmal. „Vielen Dank!“

Die anderen gerieten ebenfalls vor Begeisterung ins Schwärmen. So sehr, dass es Belinda beinah schon peinlich war. „Aber ihr Mädchen habt doch die Arbeit gemacht“, stellte sie klar. „Ich habe nur die Organisation übernommen.“ Sie griff nach ihrer Tasche und dem Mantel. „Und vergesst mein Angebot nicht.“ Neulich beim Kaffee hatte Belinda Carey einen Vorschlag gemacht. „Ihr seid herzlich eingeladen, ein Praktikum in meinem Laden zu machen. Mr Trellis wird das gleich im Januar mit Mrs Wilcox von der Praktikumsbörse besprechen. Also vergesst das bitte nicht, okay?“

Die Aussicht, ein Praktikum bei ihr zu machen, schien die Mädchen zu begeistern, und Belinda überlegte bereits, welche Arbeiten sie übernehmen konnten. Aber wenn sie ehrlich war, ging sie nicht davon aus, dass viele von ihnen auf ihr Angebot zurückkommen würden. „Nehmt bitte alle eure Sachen mit und lasst nichts liegen.“ Sie tauschte einen Blick mit Savannah. „Ich muss in den Laden zurück. Euch allen fröhliche Weihnachten!“

Die Mädchen wünschten auch ihr ein frohes Weihnachtsfest, und Belinda eilte durch die Hintertür nach draußen. Dort rannte sie zu ihrem eigenen Erstaunen buchstäblich in Carey hinein.

„Oh!“, rief sie, während sie taumelte und krampfhaft versuchte, das Gleichgewicht wiederzugewinnen. Er ergriff ihren Arm.

„Ich hatte gehofft, dir hier über den Weg zu laufen.“ Er

lachte. „Natürlich nicht wortwörtlich, aber, hey, es hat funktioniert.“

„Ich habe mich gerade noch schnell von den Mädchen verabschiedet.“ Sie knöpfte ihren Mantel zu.

„Ich wette, sie wollten dich gar nicht gehen lassen.“

Sie lächelte. „Ich komme mir fast schon vor wie ein Rockstar.“

„In den Augen der Mädchen bist du das auch.“ Er begleitete sie zu ihrem Wagen. „Ich habe mich gefragt, ob du schon etwas vorhast …“

„Jetzt gleich?“ Sie warf einen Blick auf ihre Uhr. „Ich muss eigentlich dringend in meinen Laden zurück. Ich habe Mimi versprochen, sie gegen vier Uhr abzulösen.“

„Wie wäre es danach?“, beharrte er. „Habe ich eine Chance, dich für ein gemeinsames Abendessen zu gewinnen?“

Sie legte den Kopf zur Seite. „Bitten Sie mich gerade um ein Date, Mr Trellis?“

Er grinste nervös. „Das tue ich tatsächlich, *Miss Michaels.* Aber ich dachte, wir wären bereits per du.“

„Also gut. Ja, ich würde sehr gern mit dir zu Abend essen, Carey.“

„Ist sieben Uhr in Ordnung?“

„Das bekomme ich hin“, erwiderte sie. Sie würde Savannah überreden, am Abend für sie einzuspringen. Wenn Savannah erfuhr, dass sie mit einem Mann ausging, wäre das sicher kein Problem. Schließlich lag ihr ihre Mitarbei-

terin schon lange damit in den Ohren, sie solle häufiger ausgehen.

Carey bot an, sie abzuholen, und sie nannte ihm ihre Adresse. Erst auf der Fahrt zu ihrem Laden wurde ihr bewusst, was da gerade passiert war. Sie hatte tatsächlich eine Verabredung mit Carey Trellis. Ein warmes Gefühl von Vorfreude durchströmte sie. Sie ging mit einem Mann aus. Das war eine richtige Verabredung! Und sie freute sich sogar darauf. Was Emma wohl sagen würde, wenn sie ihr davon erzählte? Sie würde sich bestimmt für ihre Mutter freuen, aber vielleicht wäre sie auch ein wenig eifersüchtig. Manchmal hatte Belinda das Gefühl, dass Emma ganz selbstverständlich davon ausging, dass alles beim Alten blieb. Dass Belinda auch weiterhin nur für ihre Arbeit lebte. Daran war sie vermutlich nicht ganz unschuldig. Dieses Bild der selbstbewussten, unabhängigen Single-Frau hatte sie ihrer Tochter schließlich immer vermittelt.

„Es ist ja nicht so, als hätte er dir einen Heiratsantrag gemacht“, murmelte sie vor sich hin, als sie den Wagen hinter ihrem Laden abstellte. „Er hat dich zum Abendessen eingeladen, du Dummchen. Und damit will er sich vermutlich nur dafür bedanken, dass du dich ‚seiner Mädchen‘ angenommen hast.“ Ja, sagte sie sich, als sie den Laden betrat. So war es wohl. Carey wollte einfach nur seine Dankbarkeit für die Modenschau zum Ausdruck bringen. Und warum auch nicht? Schließlich hatte Belinda viel Zeit und Energie in die

Organisation gesteckt. Dabei hatte sie es mehr für die Mädchen getan als für ihn. Und trotzdem – es war schön, dass er das anerkannte.

Gegen fünf Uhr kam Savannah zurück. Belinda half ihr, die Kleider in den Lagerraum zu bringen, und erzählte ihr dabei von der Einladung.

„Du gehst mit Carey Trellis aus?“, rief Savannah.

„Das ist doch nur ein Abendessen.“ Belinda hob eine Bluse vom Boden auf. „Vermutlich will er sich nur bei mir bedanken, dass ich –“

„Das glaubst du doch nicht wirklich, oder?“ Savannah deutete mit dem Finger auf sie. „Hast du denn nicht bemerkt, wie er dich förmlich anstarrt? Und übrigens, ist dir schon aufgefallen, wie gut er aussieht? Du meine Güte, Belinda, als ich ihn das erste Mal gesehen habe, habe ich ihn für die jüngere Version von Denzel Washington gehalten. Du hast heute Abend ein Date mit einem gut aussehenden Mann, Belinda Michaels, und ich schlage vor, du fährst jetzt sofort nach Hause, um dich dafür fertig zu machen. Ich kümmere mich hier schon um alles.“

Nachdem Savannah noch ein wenig insistiert hatte, gab Belinda schließlich nach. Bei all der Arbeit für die Modenschau, mit den Mädchen und ihrem Laden hatte sie ihr Äußeres ein wenig vernachlässigt. Vielleicht sollte sie zur Abwechslung mal etwas Energie auf ihr eigenes Erscheinungsbild verwenden.

Um kurz vor sieben fühlte sich Belinda wie neugeboren. Sie hatte sich ein Schaumbad gegönnt, ihre Nägel lackiert, ihre Haare frisiert und die passende Kleidung herausgesucht. Zumindest hoffte sie, passend gekleidet zu sein, denn sie hatte nicht gefragt, wohin sie gehen würden. Aber in ihrem pflaumenfarbenen Strickkleid und den braunen Lederstiefeln war sie auf jeden Fall für so gut wie jedes Restaurant passend gekleidet. Problematisch könnte es allerdings werden, wenn Carey mit ihr zum Bowling gehen wollte.

Sie legte ihren Schmuck an – lange Ohrringe, mehrere Armreife und eine schlichte Kette. Normalerweise vertrat sie in Bezug auf Schmuck die Ansicht, dass bei einer Verabredung mit einem Mann weniger mehr war. Aber da ihr Kleid schlicht geschnitten und sie recht groß war, durfte der Schmuck ruhig etwas auffälliger sein. Sie warf einen zufriedenen Blick in den Spiegel. Und obwohl sie sich immer noch einzureden versuchte, dass er sich mit diesem Abendessen bestimmt nur bei ihr bedanken wollte, vermutete sie insgeheim, dass doch mehr dahintersteckte. Sie hoffte jedenfalls, dass es so war!

Als es an der Tür läutete, erinnerte sie sich noch einmal an den Vers, den Laura in ihrem Engel versteckt hatte. Gott hatte gute Pläne für sie … eine gute Zukunft.

„Du siehst umwerfend aus!“, sagte Carey, als sie ihn hereinbat.

„Danke. Du aber auch.“ Sie deutete mit dem Kopf auf sein

elegantes Jackett, das graue Hemd und die dunkle Krawatte und freute sich, dass er kein Bowlinghemd trug.

„Ein schönes Haus hast du." Aufmerksam blickte er sich um. „Sehr heimelig."

„Es ist das Haus meiner Mutter. Sie hat es mir vererbt. Manchmal überlege ich, ob ich es nicht lieber verkaufen und in ein moderneres, komfortableres Haus ziehen soll. Doch dann denke ich zurück an die schönen Zeiten, die wir hier erlebt haben … in diesem Haus stecken so viele wertvolle Erinnerungen. Außerdem würde mich Emma vermutlich umbringen. Sie möchte es später einmal haben." Sie lachte. „Nicht dass ich vorhätte, in nächster Zeit hier wegzugehen."

„Außer zum Abendessen." Er warf einen Blick auf seine Uhr. „Ich habe einen Tisch für 19:15 Uhr reserviert. Wir sollten uns jetzt auf den Weg machen."

Belinda kam es vor wie in einem Traum, als er sie zu seinem Wagen begleitete, ihr die Tür öffnete und ihr hineinhalf. Sie hatte sich noch mit keinem Mann verabredet, der sich ihr gegenüber so gentlemanlike gab. Und sie musste sagen, es gefiel ihr!

„Ich weiß, ich weiß", sagte er, als er den Motor anließ. „In dieser Sache bin ich von der alten Schule. Manche Frauen haben mich schon chauvinistisch genannt, weil ich ihnen die Tür aufhalten wollte. Aber so bin ich nun mal erzogen worden."

„Und das ist auch gut so." Sie lachte. „Mir gefällt es jedenfalls."

„Ich habe übrigens einen Tisch im *Tree House* für uns reserviert."

„Im Ernst?" Sie starrte ihn verblüfft an. „Ich wollte dort schon immer mal essen, aber ich habe gehört, dass das Restaurant über Monate im Voraus ausgebucht ist. Wie hast du das geschafft?"

Er lachte. „Es geht eigentlich nur darum, die richtigen Leute zu kennen. Das Restaurant gehört den Eltern von einem meiner Schüler."

„Also hast du deine Direktorenkarte ausgespielt?"

„Ich habe nur den Namen des Schülers fallen lassen und dass ich der Direktor seiner Schule und neu in der Stadt bin, und voilà, es hat funktioniert."

Der ganze Abend war irgendwie magisch – oder vielleicht war *wundervoll* das bessere Wort. Auf der Heimfahrt kam Belinda zu dem Schluss, dass wirklich alles perfekt gewesen war – die Gesellschaft, das Gespräch und das Essen. Für sie hätte es ewig so weitergehen können.

Doch als Carey sie zu ihrer Haustür begleitete, spürte sie ihre innere Anspannung. Hoffentlich erwartete er nicht, dass sie ihn ins Haus bat. „Vielen Dank für den wundervollen Abend", sagte sie zu ihm. „Ich habe ihn sehr genossen."

„Ich danke dir, dass du mich begleitet hast", erwiderte er, während sie noch auf der Veranda standen.

Die Schmetterlinge in ihrem Bauch gerieten in Bewegung, als sie in seine dunklen Augen schaute. „Ich würde dich ja noch hereinbitten, Carey, aber ich – äh –, um ehrlich zu sein, habe ich da so meine Prinzipien."

Er lächelte. „Ich hatte gehofft, dass du in dieser Hinsicht altmodisch bist, Belinda."

Erleichterung durchströmte sie, und ihr wurde bewusst, dass dies ein Mann war, auf den zu warten sich gelohnt hatte – auch wenn es mehr als zwanzig Jahre gewesen waren.

„Wäre es in Ordnung, wenn ich dir einen Gutenachtkuss gebe?", fragte er.

Sie nickte nur. Tatsächlich fühlte sie sich wieder wie ein verliebter Teenager. Er beugte sich vor, legte seine Hand an ihre Wange, und sie verlor sich in seinem Kuss. Der perfekte Kuss!

Als er sich wieder von ihr löste, seufzte sie leise – und geriet ein wenig ins Taumeln. Er hatte sie ganz durcheinandergebracht.

„Du hast mich ja für Weihnachten eingeladen", sagte er, als er zurücktrat, „aber bis dahin ist es noch so lange. Darf ich dich vielleicht vorher schon anrufen?"

Ihr Herz machte einen Luftsprung. „Sehr gern."

Sein Gesicht hellte sich auf. „Schlaf gut, Belinda. Ich melde mich bei dir."

Wie auf Wolken schwebend schloss sie die Haustür auf und verschwand im Haus. War das gerade wirklich passiert?

Und dann fiel ihr der Vers wieder ein – Gott hatte *gute* Pläne für sie, Pläne für eine *gute* Zukunft. Sie glaubte daran!

***

Grace wäre bei der Besichtigung der *Habitat*-Häuser am Sonntag am liebsten unsichtbar gewesen. Nicht weil sie sich schämte, sondern weil sie keine Aufmerksamkeit auf sich lenken wollte. In den vergangenen Tagen hatte sie sich ganz bewusst zurückgehalten und auch in dem Raum, den sie gestaltet hatte, kein Werbeplakat aufgehängt.

„Ich möchte das nicht", hatte sie dem Projektleiter vor einigen Tagen erwidert. „Es würde nur von der Einrichtung ablenken." Zum Glück hatte er ihr nicht widersprochen, und darum gab es in den drei Wohnräumen keinerlei Werbung für ihr Unternehmen. Und mal ehrlich, wen kümmerte das schon?

Sie stand hinten in der Menge, als bei dem ersten Haus das Band zerschnitten wurde, und beklatschte begeistert die Reden, die gehalten wurden, doch sie war froh, im Hintergrund bleiben zu können. Joel stand neben ihr und hielt ihre Hand. Er wusste ja, dass sie gern anonym bleiben wollte, und wirkte recht zufrieden mit ihrer Entscheidung. Sie tranken ihren Kaffee und warteten ab, bis sich die Hausbesitzer ihr Haus in Ruhe angeschaut hatten. Erst dann durften sich die Besucher darin umschauen, und erst nachdem der größte

Ansturm vorüber war, gingen Grace und Joel durch das Haus.

„Du hast tolle Arbeit geleistet", flüsterte Joel ihr zu. „Das Wohnzimmer wirkt sehr warm und einladend."

Sie lächelte nur und war froh, dass niemand in der Nähe war, der ihn hörte. Während sie sich in den anderen Räumen umschauten, erzählte sie ihm ein wenig von der Familie, die hier wohnen würde, und wie lange sie auf ein eigenes Haus gewartet hatte. „Das *Habitat*-Projekt ist wirklich toll. Diese gemeinnützige Organisation tut so viel Gutes."

„Und ich finde es beeindruckend, dass gleichzeitig drei Häuser renoviert wurden – und alle komplett eingerichtet."

„Das gibt einem ein gutes Gefühl, nicht?" Sie seufzte glücklich. „Teil einer so großzügigen Gemeinschaft zu sein."

Die Zeremonien bei den nächsten beiden Häusern verliefen ähnlich. Graces Freundinnen waren zwar da, doch sie respektierten ihren Wunsch, ihre Beteiligung an dem Projekt nicht zu erwähnen. Auch ihr Gespräch mit den neuen Hausbesitzern hielt Grace kurz. Eigentlich gratulierte sie ihnen nur zu ihrem neuen Heim und wünschte ihnen ein fröhliches Weihnachtsfest!

Als alles gesagt und getan war, war sie erleichtert, sich wieder auf den Heimweg machen zu können. „Ich bin so froh, dass es vorbei ist", sagte sie zu Joel, als sie bei ihrem Haus ankamen, das sie nun endlich weihnachtlich geschmückt hatte. Und anders als in den vorherigen Jahren

hatte sie sich erlaubt, bei der Dekoration etwas zurückhaltender zu sein.

„Die Kinder scheinen zu Hause zu sein“, sagte Joel, als er in die Einfahrt fuhr.

„Und auch ihre Freunde“, fügte sie hinzu, „wenn ich die Autos zähle, die vorne auf der Straße stehen.“

„Wahrscheinlich würde niemand bemerken, wenn wir uns zum Abendessen davonschleichen – nur wir beide. Niemand würde uns vermissen.“

„Hättest du Lust?“, fragte sie hoffnungsvoll.

„Lass es uns machen!“, erwiderte er bestimmt. „Lass uns für ein paar Stunden von zu Hause weglaufen.“

Heimlich schlichen sie sich davon. In dem Café, das sie sich ausgesucht hatten, unterhielten sie sich über den Tag und was während der Feiertage anstand, und Grace hatte das gute Gefühl, eine zweite Chance bekommen zu haben – nicht nur in ihrer Ehe, sondern auch in ihrem Leben.

Kapitel 15

Am Montag vor Weihnachten ging es Cassidy schlecht. Sie hatte das Gefühl, vollkommen gescheitert zu sein. Das war zwar etwas übertrieben, aber im Augenblick schien ihr einfach nichts zu gelingen. Ihr ehrenamtliches Engagement brachte ihre Anstellung in der Tierklinik von Dr. Auberon in Gefahr. Vermutlich wäre sie gezwungen, ihr Engel-Projekt aufzugeben. Und ihr Privatleben … nun, daran wollte sie gar nicht erst denken.

„Du bist *keine* Versagerin", versicherte ihr Belinda bereits zum dritten Mal, als sie sich nach Cassidys Dienstschluss im *Coffee Cup* trafen. „Du steckst gerade nur in einer verzwickten Situation."

„Dr. Auberon hat mir bis nach Weihnachten Zeit gegeben, um mich zu entscheiden."

„Was wirst du tun?"

Cassidy stieß einen tiefen Seufzer aus. „Irgendwie muss ich ja meinen Lebensunterhalt verdienen."

Belinda nickte nur.

„Aber es macht mich so traurig, diesen Traum aufgeben zu müssen.“ Cassidy seufzte erneut.

„Vielleicht ist es nur eine Frage des richtigen Timings“, meinte Belinda vorsichtig. „Etwas, auf das du hinarbeiten musst. Als ich noch eine Anstellung als Friseurin hatte, wusste ich, dass ich eigentlich viel lieber einen Secondhandladen haben wollte, aber ich musste meine Arbeit weitermachen … bis der richtige Zeitpunkt gekommen war und ich bereit war, ein eigenes Geschäft zu eröffnen. Und anfangs konnte ich mir nur einen kleinen Laden mit Baby- und Kindersachen leisten. Es hat lange gedauert, bis ich den Laden endlich vergrößern konnte.“

Cassidy nickte. „Wahrscheinlich hast du recht.“

„Ich bin fest davon überzeugt, dass du deine mobile Tierarztpraxis – die ich übrigens immer noch für eine hervorragende Idee halte – bekommen wirst, wenn es so sein soll. Aber vielleicht wird es noch eine Weile dauern.“

„Und in der Zwischenzeit werde ich weiter in meinem jetzigen Job arbeiten.“ Cassidy lächelte halbherzig.

„Vielleicht wäre das am besten.“

„Das denke ich ja auch. Aber es fällt mir so schwer, diesen Traum loszulassen.“

„Manchmal müssen wir unsere Träume loslassen, damit Gott sie zu uns zurückbringen kann – auf seine Weise und zu seiner Zeit.“ Belinda grinste. „Das hat meine Mama immer zu mir gesagt. Und ganz ehrlich, ich habe diese Worte nicht

gern gehört. Ich wollte voranpreschen und meine Träume selbst verwirklichen. Aber je älter ich werde, desto mehr verstehe ich es."

„Okay." Mit neuer Entschlossenheit stellte Cassidy ihren leeren Becher auf den Tisch. „Dann werde ich es so machen."

„Ein guter Plan." Belinda deutete auf Cassidys Tasche, aus der ein Piepton drang. „Ist das dein Telefon?"

Cassidy holte ihr Mobiltelefon hervor. Sie hatte eine SMS bekommen. „Von Brent Morgan."

„Brent Morgan?"

„Dorothy Morgans Enkel – der gut aussehende junge Mann, der mich nicht mochte."

„Was schreibt er denn?"

„Er möchte mich heute Nachmittag in der Wohnung seiner Großmutter treffen."

„Gehst du hin?"

Cassidy wirkte unsicher. „Keine Ahnung."

„Hat er sich seit jenem Abendessen nicht mehr gemeldet?"

Cassidy schüttelte den Kopf und starrte auf ihr Handy. „Ich wusste gar nicht, dass er meine Telefonnummer hat. Vermutlich hat Dorothy sie ihm gegeben."

„Was macht er eigentlich beruflich? Ich erinnere mich nicht, dass du das schon erzählt hast."

„Er hat einen Job in der IT-Branche, hat Dorothy mir erzählt. Er arbeitet von zu Hause aus und ist häufig als Berater unterwegs." Cassidy legte ihr Telefon aus der Hand.

„Bist du denn gar nicht neugierig?“ Belindas Augen leuchteten auf. „Vielleicht will er sich ja bei dir entschuldigen, Cass. Vielleicht ist ihm klar geworden, dass er sich danebenbenommen hat, und jetzt will er es wiedergutmachen.“

Cassidy schüttelte den Kopf. „Das bezweifle ich.“

„Dann willst du seine Nachricht also einfach ignorieren?“

„Nein …“ Cassidy tippte schnell eine Antwort, in der sie versprach zu kommen. „Ich würde zu gern erfahren, was er zu sagen hat.“

„Das ist gut.“

Cassidy wartete auf seine Antwort. „Er scheint schon bei seiner Großmutter zu sein und bittet mich, wenn möglich, sofort bei ihr vorbeizukommen.“

„Worauf wartest du dann noch?“

Sie verabschiedeten sich, und kurz darauf machte sich Cassidy durch dichten Schneefall hindurch auf den Weg in die Stadt. Sie war unglaublich nervös. Warum wollte Brent sie heute in der Wohnung seiner Großmutter treffen? Hoffentlich war mit Dorothy alles in Ordnung. Und mit Muffin. Als sie den Wagen vor dem Wohnblock abstellte, wurde sich Cassidy ihres Aufzugs bewusst. Wenn sie doch nur etwas Hübscheres anhätte als ihren alten Arztkittel! Sie löste ihren Pferdeschwanz und legte etwas Lipgloss auf. Doch als sie die Türklingel drückte, fragte sie sich, warum sie das tat. Es würde sich ja doch nicht lohnen.

„Da sind Sie ja!“ Brent strahlte sie an, als er ihr die Tür

öffnete und sie in die Wohnung winkte. „Kommen Sie doch herein!“ Er spähte über ihre Schulter nach draußen. „Du meine Güte, es schneit ja ziemlich heftig!“

„Willkommen“, rief Dorothy. „Ich habe schon Teewasser aufgesetzt.“

Cassidy betrat die Wohnung und bemühte sich, die beiden so normal wie möglich zu begrüßen und sich nicht anmerken zu lassen, dass Brents plötzlicher Aufbruch neulich Abend sie tief verletzt hatte. „Das ist aber ein hübscher Weihnachtsbaum“, sagte sie fröhlich zu Dorothy, während sie den Schnee von ihrem Parka schüttelte.

„Brent hat ihn mir mitgebracht. Er ist gerade aus New York zurückgekommen. Hat wohl das schlechte Wetter vermisst.“ Dorothy führte Cassidy in die Küche. „Er ist direkt vom Flughafen hergekommen. Den Baum hat er in der Nähe des Flughafens gekauft. So ein lieber Junge! Und er will mir auch beim Schmücken helfen.“

„Wie nett.“ Cassidy hätte gern gewusst, was das alles sollte. Sie ließ sich an dem mit drei Teetassen und einem Teller mit selbst gebackenen Weihnachtskeksen gedeckten Tisch nieder. „Sieht aus wie eine Weihnachtsteeparty“, bemerkte sie ein wenig verwirrt. Irgendwie fühlte sie sich wie Alice, die vom verrückten Hutmacher bewirtet wurde. *Was ist nur los?*

„Brent hat gute Neuigkeiten für Sie“, erklärte Dorothy, als sie die Teekanne auf den Tisch stellte.

„Gute Neuigkeiten?“ Brent ließ sich ihr gegenüber am Tisch nieder. Cassidy musterte ihn neugierig.

„Nun, zuerst mal muss ich mich entschuldigen, dass ich vorgegriffen habe“, begann er. „Oma kann Ihnen bestätigen, dass ich schon immer sehr impulsiv und ungestüm war.“

„Du meine Güte, ja.“ Dorothy erzählte, wie Brent mit zehn Jahren beschlossen hatte, einen Garagenflohmarkt zu veranstalten. „Ohne das mit seinen Eltern abzusprechen.“ Sie schüttelte den Kopf. „Bevor sie wussten, wie ihnen geschah, hatte Brent alle Sachen aus ihrer Garage verkauft und fünfzig Dollar verdient.“

„Meine Mutter hatte sich darüber beklagt, dass so viel Zeug in unserer Garage lagerte, und gesagt, wir müssten es unbedingt loswerden“, erklärte Brent ganz unschuldig.

„Aber dass du die neuen Golfschläger deines Vaters für zehn Dollar verkauft hast?“ Dorothy lachte leise.

„Mama hat mich zum Nachbarn geschickt, um sie zurückzukaufen“, warf Brent ein. „Zum Glück hat er sie mir für den gleichen Preis wieder zurückgegeben.“

Trotz ihres Unbehagens in Bezug auf diese geheimnisvolle Teeparty musste Cassidy lachen.

„Auf jeden Fall hat mich Ihr Traum von der mobilen Tierarztpraxis auf eine Idee gebracht. Ich habe bemerkt, mit welcher Leidenschaft Sie darüber gesprochen haben.“

„Eine ganz wundervolle Idee“, warf Dorothy ein.

„Diese Idee ist mir während des Abendessens gekommen,

und es ist mir sehr schwergefallen, sie für mich zu behalten“, erklärte Brent.

„Darum hat sich Brent an jenem Abend auch so schnell verabschiedet“, sagte Dorothy. „Er wollte mit seinem Onkel Rob sprechen. Das ist der Bruder seiner Mutter.“ Sie zog die Augenbrauen in die Höhe. „Ein sehr wohlhabender Mann.“

„Nachdem ich gegangen war, bekam ich Gewissensbisse wegen meines überstürzten Aufbruchs“, erklärte Brent. „Aber am nächsten Morgen musste ich nach New York fliegen, und ich wollte vorher unbedingt noch mit Onkel Rob reden.“

„Sie müssen wissen, Rob ist ein großer Tierfreund“, sagte Dorothy.

„Das stimmt“, fuhr Brent fort. „Mein Onkel unterstützt bereits eine Reihe von Tierschutzprojekten, und mir kam die Idee, dass eine mobile Tierarztpraxis vielleicht ein Projekt wäre, das ihn interessieren könnte. Und ich war so begeistert von diesem Gedanken, dass ich beschlossen habe, schnell bei ihm vorbeizufahren und ihm Ihre Idee vorzustellen, denn ich wusste ja, dass ich erst kurz vor Weihnachten wieder aus New York zurückkommen würde.“

Die Räder in Cassidys Kopf setzten sich ganz langsam in Bewegung. „Dann haben Sie sich gar nicht so schnell verabschiedet, weil Sie mich nicht mochten?“

Ups! Habe ich das gerade laut gesagt? Wie peinlich!

Brent lachte. „Machen Sie Witze?“

Sie zuckte mit den Schultern. „Na ja, so ist es mir jedenfalls vorgekommen.“

„Das tut mir leid, Cassidy.“ Er wirkte aufrichtig bestürzt. „Ich habe mir keine Gedanken darüber gemacht, wie das auf Sie wirken musste. Mir ging es nur darum, noch schnell mit meinem Onkel zu sprechen, bevor er mit seiner Familie über Weihnachten in die Berge fährt. Sie kommen erst nach Neujahr zurück. Darum wollte ich keine Zeit verlieren.“

Cassidy nickte. Ihr wurde ganz schwindelig.

„Jetzt verrate ihr doch, was das Gespräch ergeben hat“, drängte Dorothy ihn. „Sag ihr, was Rob von der Sache hält, Brent.“

„Onkel Rob ist sehr angetan von Ihrer Idee. Er möchte Sie kennenlernen, Cassidy. Ich könnte mir vorstellen, dass er sich an Ihrer mobilen Tierarztpraxis beteiligt. Er meint, Sie sollten ein gemeinnütziges Unternehmen gründen, aus steuerlichen Gründen.“

„Wirklich?“ Der Schwindel in ihrem Kopf verstärkte sich. Brent hegte keine Abneigung gegen sie, und sein Onkel interessierte sich für ihre verrückte Idee? Träumte sie etwa?

„Onkel Rob will Sie natürlich zuerst kennenlernen, aber das, was ich ihm erzählt habe, hat ihn neugierig gemacht. Wenn es Ihnen recht ist, wird er sich gleich Anfang Januar mit Ihnen treffen.“

Cassidy spürte, wie ihr Tränen in die Augen stiegen. „*Im Ernst?*“

„Wären Sie denn dazu bereit, mit ihm zusammenzuarbeiten?“, fragte Brent. „Ich kann Ihnen versichern, dass Onkel Rob vertrauenswürdig ist. Er hat mir eine Liste mit Tierschutzprojekten gegeben, die er finanziell unterstützt. Es sind durchweg angesehene Organisationen. Und auf ihn ist wirklich Verlass.“

„Wow.“ Sie blinzelte und versuchte, ihre Freudentränen in Schach zu halten. „Unglaublich! Ich weiß gar nicht, was ich sagen soll. Natürlich bin ich interessiert! Ich kann es kaum erwarten, Ihren Onkel kennenzulernen.“

Dorothy hob ihre Teetasse in die Höhe. „Ich denke, darauf sollten wir anstoßen.“

Brent hob ebenfalls seine Tasse. „Auf Cassidys mobile Tierarztpraxis – möge sie im nächsten Jahr damit durchstarten.“

Sie blieben noch eine Weile an dem kleinen Esstisch sitzen und unterhielten sich weiter über dieses Thema. Cassidy erzählte ihnen auch vom Ultimatum ihres Chefs. „Ich möchte meine ehrenamtliche Arbeit nicht aufgeben“, gestand sie, „aber natürlich muss ich Geld für meinen Lebensunterhalt verdienen.“

„Nun, es sieht so aus, als könnten Sie demnächst beides tun“, erklärte Dorothy.

Als die Teekanne leer und die Kekse aufgegessen waren, bedankte sich Cassidy bei Dorothy, verabschiedete sich und wünschte beiden frohe Weihnachten.

„Moment“, sagte Brent, als er sie zur Tür begleitete. „Haben Sie heute Abend schon etwas vor?“

„Heute Abend?“ Sie blickte ihn neugierig an. Wollte er etwa mit ihr ausgehen?

„Ich weiß, es ist noch etwas früh, aber ich glaube, ich bin immer noch auf Ostküstenzeit eingestellt. Und in den vergangenen Tagen hatte ich einen solchen Heißhunger auf Barbecue.“

„Auf Barbecue?“ Sie legte den Kopf zur Seite.

Er half ihr in ihren Parka, bevor er nach seiner Jacke griff. „Ganz in der Nähe gibt es ein gutes Restaurant. Die Weihnachtskekse waren lecker, aber ich hatte noch kein Mittagessen. Hätten Sie Lust auf ein frühes Abendessen?“

Sie lächelte. „Sehr gern.“

„Worauf warten wir dann noch?“ Er gab seiner Oma einen Abschiedskuss, und kurz darauf standen sie in der verschneiten Winterlandschaft. „Möchten Sie Ihren Wagen vielleicht nach Hause bringen, ehe der Schnee zu tief wird?“, schlug er vor. „Ich kann Ihnen hinterherfahren und Sie dann mitnehmen. Dann brauchen Sie anschließend nicht selbst nach Hause zu fahren, falls es mit dem Schnee noch schlimmer wird. Für meinen Jeep ist das kein Problem.“

„Klingt gut“, erwiderte sie. „Dann kann ich mich in meiner Wohnung noch schnell umziehen. Das heißt, wenn Ihr Hunger das zulässt.“

„Kein Problem.“ Er grinste sie an. „Ich warte gern. Auf Sie.“

Ein warmes Gefühl durchströmte sie, als sie zu ihrem Auto lief und mit dem Ärmel ihres Mantels die Windschutzscheibe vom Schnee befreite. Die ganze Situation kam ihr so irreal vor. Aber wenn dies ein Traum war, dann wollte sie einfach weiterträumen. „Weck mich bitte nicht auf“, flüsterte sie, als sie den Motor anließ.

***

Für Heiligabend hatte Louisa ihre Freundinnen zu einem kleinen Brunch zu sich nach Hause eingeladen. Am Abend wollten sie sich dann zusammen mit anderen Gästen bei Belinda treffen, und für den Weihnachtstag hatten Grace und Joel zum Mittagessen eingeladen. Viele Feiern und viel Spaß. Louisa hoffte nur, dass sie durchhalten würde.

„Ich bin so froh, dass wir uns heute noch einmal treffen“, sagte Louisa, als sie zusammen an ihrem Esstisch saßen. „Danke, dass ihr euch die Zeit genommen habt hierherzukommen. Ich weiß ja, dass ihr alle viel zu tun habt. Aber ich hatte gehofft, wir könnten noch ein wenig miteinander plaudern und uns erzählen, wie unsere Projekte gelaufen sind.“

„Eine gute Idee. Vielen Dank für die Einladung“, ergriff Cassidy voller Begeisterung das Wort. „Ich habe ganz ungeduldig darauf gewartet, euch zu erzählen, was ich erlebt habe, aber in den vergangenen Tagen hatte ich so viel zu tun, dass

ich einfach nicht dazu gekommen bin." Sie grinste. „Außerdem wollte ich es euch allen zusammen erzählen."

„Was denn?", fragte Louisa neugierig.

„Ihr wisst ja sicher noch, wie niedergeschlagen ich wegen Brent Morgan war." Cassidy erklärte, dass Brent nicht unhöflich hatte sein wollen, sondern dass er mit seinem Onkel noch über ihre Idee reden wollte. „Und ihr wisst ja sicher noch, dass ich ziemlich begeistert von Brent war. Mein Bauchgefühl hat mich nicht getäuscht. Er ist ein wundervoller Mann. Wir haben uns jeden Tag nach der Arbeit in der Tierklinik getroffen, waren miteinander zum Eislaufen, zum Weihnachtssingen in seiner Gemeinde und haben noch so einiges anderes unternommen. Ich bin total glücklich!"

„Klingt ganz danach, als wäre hier gerade jemand dabei, sich zu verlieben", neckte Grace.

Cassidy errötete, und ihre Augen strahlten. „Das könnte durchaus sein. Aber ich gebe mir Mühe, nichts zu überstürzen. Ich will ihn ja nicht vergraulen, versteht ihr? Da sind immer noch Zweifel und die Sorge, dass ich ihm auf die Nerven gehen könnte, aber er ruft immer wieder an." Sie deutete auf Belinda. „Ich hoffe, es ist in Ordnung, dass ich ihn eingeladen habe, mich heute Abend zu dir zu begleiten."

„Natürlich", erwiderte Belinda. „Je mehr, desto besser."

„Und kann seine Großmutter auch mitkommen?", fragte Cassidy hoffnungsvoll.

„Sehr gern. Ich freue mich darauf, beide kennenzulernen."

„Das sind die Neuigkeiten von meiner Seite", sagte Cassidy. „Zumindest für den Augenblick."

„Nun, ich habe auch noch Neuigkeiten", verkündete Belinda mit strahlenden Augen. „Aber zuerst möchte ich mich bei euch bedanken. Dank unseres Engel-Projekts wird dies das schönste Weihnachtsfest, das ich je erlebt habe." Sie erzählte ihnen von ihrer aufkeimenden Beziehung mit dem Direktor der Highschool. „Ich hätte Carey bestimmt nie kennengelernt, wenn Louisa uns nicht herausgefordert hätte, in diesem Jahr ein Weihnachtsengel zu werden." Sie strahlte Louisa an. „Danke für den Anstoß. Das war genau das, was ich gebraucht habe."

„Auch ich möchte euch allen danken", sagte Louisa. „Ihr habt mir geholfen, aus meiner Depression herauszukommen. Ich hätte nie gedacht, wie sehr ich selbst davon profitiere, wenn ich anderen dabei helfe, einen Verlust zu verarbeiten. Aber genau das ist passiert." Sie lächelte in die Runde. „Ich möchte euch danken, dass ihr mich ermutigt habt. Für mich seid ihr wirklich Engel auf Erden."

„Und jetzt bin ich wohl dran", ergriff Grace nach einer kurzen Pause das Wort. „Ich muss euch ebenfalls danken." Langsam schüttelte sie den Kopf. „Ich mag mir gar nicht vorstellen, wo ich jetzt wäre, wenn ihr in den vergangenen Wochen nicht da gewesen wärt. Ich muss gestehen: Mir ging es nicht gut. Meinen Kindern ging es nicht gut und mit mei-

ner Ehe stand es auch nicht zum Besten. Ich war nicht sicher, ob Joel und ich es schaffen würden.“

„Manchmal braucht es einen solchen Tiefpunkt, damit wir aufwachen“, bemerkte Louisa mitfühlend.

Grace nickte. „Das stimmt. Aber jetzt geht es uns besser. So gut wie lange nicht mehr! Dafür bin ich sehr dankbar. Und ich bin dankbar für unser Engel-Projekt. Es hat mir geholfen, meine Perspektive zu ändern.“

„Ich muss sagen, die Wohnzimmer in den *Habitat*-Häusern sind wirklich sehr schön geworden“, lobte Louisa.

„Ohne eure großzügigen Spenden hätte ich das nicht hinbekommen – und die Familien würden jetzt vermutlich auf Bananenkisten sitzen.“ Grace blickte ihre Freundinnen an. „Ich bin unglaublich dankbar für euch. Nach Lauras Tod habe ich mich so allein gefühlt. Aber ihr seid mir echte Freundinnen geworden, und ich hoffe, dass wir, auch wenn der Buchclub nicht mehr existiert und unsere Weihnachtsengel-Projekte abgeschlossen sind, weiterhin Freundinnen bleiben.“

„Selbstverständlich“, versicherte Louisa ihr.

„Wollen wir unseren Buchclub denn wirklich aufgeben?“, fragte Belinda.

„Und unsere Engel-Projekte?“, fügte Cassidy hinzu. „War das nur etwas für die Weihnachtszeit?“

„Kann man als Engel überhaupt in den Ruhestand gehen?“, fragte Louisa mit gerunzelter Stirn.

„Mir drängt sich nach wie vor der Gedanke auf, dass Laura irgendwie geahnt hat, dass sie sterben würde“, sagte Cassidy ganz unvermittelt. „Sie muss eine Vorahnung gehabt haben. Und darum hat sie diese Engel gebastelt und die Bibelverse für uns hineingesteckt. Weil sie ahnte, dass wir uns nach ihrem Tod gegenseitig mehr brauchen würden als je zuvor.“

„Diesen Gedanken hatte ich auch schon“, gestand Belinda.

„Laura hätte sich gefreut zu sehen, dass die Engel-Projekte uns als Freundinnen enger zusammengeschweißt haben“, bemerkte Grace leise.

„Das gibt ihrem Tod irgendwie einen Sinn“, sagte Belinda nachdenklich.

„Das stimmt. Durch den Verlust von Adam und Laura hat sich meine Einstellung zum Tod verändert“, vertraute Louisa ihren Freundinnen an. „Erst kürzlich habe ich zu meiner Therapiegruppe etwas gesagt, das ich gern an euch weitergeben würde.“ Sie hielt inne und rief sich ihre Worte ins Gedächtnis. „Es ist, als wäre der Himmel irgendwie näher gerückt. Früher kam er mir so weit entfernt vor, wie eine vollkommen andere Welt. Aber das Wissen, dass geliebte Menschen bereits dort sind, lässt ihn mir realer erscheinen. Als hätte ich jetzt eine direktere Verbindung dorthin. Versteht ihr, was ich meine?“

Ihre Freundinnen nickten und schienen tatsächlich zu verstehen, was sie damit sagen wollte.

„Ich muss gestehen, dass ich nach Lauras Tod darüber

nachgedacht habe, meinem Leben ein Ende zu setzen", fuhr Louisa leise fort. „Aber nachdem ich jede Einzelne von euch besser kennengelernt und mit der Kunsttherapie begonnen habe, habe ich nicht mehr ans Aufgeben gedacht. Im Gegenteil, ich spürte erstaunlich viel Energie in mir. Ich möchte jeden einzelnen Tag, der mir hier auf der Erde noch bleibt, auskosten, so gut es geht." Sie lächelte. „Wer weiß schon, wie viele es noch sein werden?"

„Also, wie wäre es, wenn wir uns weiter treffen?", fragte Cassidy voller Begeisterung. „Können wir nicht weiterhin ein Buchclub oder eine Engel-Gruppe oder so etwas sein?"

„Wieso nicht beides? Wir könnten doch ein Engel-Buchclub sein", schlug Louisa vor.

„Ein Engel-Buchclub", wiederholte Belinda. „Interessant. Das gefällt mir."

„Und ich kenne ein gutes Buch, mit dem wir uns beschäftigen sollten", verkündete Grace.

„Welches denn?", fragte Cassidy.

Grinsend schlug Grace vor, sie könnten doch gemeinsam die Bibel lesen. „Natürlich nicht die ganze Bibel. Vielleicht sollten wir uns erst einmal auf ein Buch konzentrieren. Das hat Laura mir geraten. Es war meine erste wirkliche Begegnung mit der Bibel, die mein Leben verändert hat."

Und so wurde vereinbart, dass der Buchclub, der zwischenzeitlich zu einem Engelclub geworden war, von nun an der Engel-Bibelleseclub sein sollte. Im kommenden Jahr

würden sie abwechselnd kleine Abschnitte aus der Bibel aussuchen, die sie zu Hause lesen und dann in der Gruppe besprechen würden.

Da für Weihnachten noch jede Menge vorzubereiten war, verabschiedeten sie sich voneinander. Als die Frauen sich herzlich umarmten, stellte sich Louisa vor, wie Laura vom Himmel auf die vier Weihnachtsengel herablächelte … und zwinkerte.